U0096572

狄倫特之夏

Delander
The Summer i Del
ummer i Delander
T e Su mer i

楊淮荏著

謹以此書
獻給小吵
以及所有追尋美好世界的人

〝這是因為... 〞 他停了一下
〝...我被植入了夢的記憶晶片 〞
〝咦?...這是不可能發生的事呀 〞
〝是的... 〞 他說
〝所以我需要你帶我找到狄倫特... 〞

　　　　這城市的路燈接二連三地閃了幾下　又是個該點頭微笑互道再見的傍晚了　在打了卡以後就不會有人在乎你的行蹤　但不想回家而且沒有可去的地方　於是就混在站牌前等車的人潮裡發了一會的呆　在即將湧起霓虹的人行道上　這個停等的路口　這座安靜的城市人們低了頭走路　在綠燈還沒亮起的時候　就躲在百貨公司的騎樓底下彼此交談　在飄起毛毛雨以後　所有的人都遺忘了久遠過去　我也跟著忘記了那些曾經發生過的事　那麼　在我還能想起來之前　妳會出現吧　帶著小小的奇蹟出現　像那時妳站在樓梯間一樣　像刮起大風的那天一樣　妳告訴我的那個地方　妳看　每個小孩在盪起鞦韆的時候　都會指著那座在天空移動的島　不遠了　這個夏天　妳會跟著我一起　去尋找那無人知曉的美好世界　老城鎮　海岸公路　移動不停的萬里藍天　我看見了　妳也一定能夠看見　妳還會出現吧　就像那天妳在樓梯間出現一樣

〝你...你是真空管短路了麼? 〞
〝真空管...喂... 〞 他有點生氣了
〝我還沒有那麼古老 〞
〝可是...你是消防型的耶...再怎麼樣... 〞 他說
〝都不該被植入夢的呀 〞

也許妳以為我睡著了
但我仍清楚地做著一場青春的大夢

小吵　就快要打開窗了

　　　　陽光在天空的對岸　風箏消失在山的那頭　老去的樹影任由
著船舶噠噠地遠去　喧嘩的防風林　空曠的海口　小女生綁著紅辮尾
　大拖鞋　追著雲的影子跑　操場等著下課　國旗依偎著黃昏　季節
鳥正隨著雨水落寞地遷移　四季的歌一如往常　而盛夏的鐘聲響徹雲
霄…

　　　　然後睜開了眼　昏暗的早晨下起寂寥的雨　小吵啊　我生病
了　從昨晚在床上昏迷到今天早上　對門的室友搬走了　整層房子只
剩我一個　然後自己一個人醒來　自己一個人上廁所　自己一個人
去西藥房買藥吃　自己一個人蓋著棉被望著天花板等燒退掉　不想去
上班了　這樣的年紀　不知道是為了什麼　鬧鐘響了按掉鬧鐘刷牙洗
臉騎著摩托車去上班　下班了買個便當回家看電視洗澡睡覺　好像生
命掉了某一種東西了　但不曉得是什麼　心理空盪盪的不知道做什麼
才好　好想找個人聊聊　說說話還什麼的　或者翻翻照片都好

　　　　〝你看…這是鳥人這是老歪 〞
　　　　〝那這個呢… 〞
　　　　〝這是阿還 〞
　　　　〝咦?你們這是在哪裡拍的…我好像也有去過喔 〞
　　　　〝…嗯…嗯…我不記得了 〞

　　　　再也沒有人看得見了　闖過這個紅綠燈之後才會遇到下一條
馬路　那年青春昏沉沉地睡去　哪裡都逃不出這是非的牆角　巷弄裡
輝煌著我們的過去　我們都老去了　在暮靄的洛陽街口　拿著那隻左
輪手槍　盪漾著頹廢青春　胸前掛著那只古銅十字架　搖晃著我們的
約定以及　一些世態炎涼的遭遇　你低頭煮著一鍋黃粱　沒看到我
我都在你的周圍了還不曉得　什麼時候才能再一起回去那個地方　什
麼時候才能停下來看一看　這一生終至老死的模樣

　　　　於是這個早晨又夢到了一些過去　還有一些人　那裡頭的世
界總是如此美好　如此完整而美好　流連忘返其中　只是我自己一個

人　一個人在裡頭嚐盡悲歡　一個人醒來　然後刷牙洗臉去上班　下班了挖一下門口的信箱　看看有沒有好玩的廣告傳單　或者有誰突然寫信過來

　　　　小吵啊　可以跟我聊聊嗎　我好想告訴妳好多好多故事　那些早被這個年代遺忘的故事　好久好久以前　有個短頭髮的女生　從她家裡帶了一顆小小的橘子給我　她的身上總是可以聞到甜甜的橘子味　在一切還沒結束之前　那時候　雨水飄滿了吳興街　那時候　整天趴在教室走廊呆望著天空　幻想張開了手臂　腳跟離地之後就可以離開這個地方了
　　　　〝咦?…那位同學呢　〞
　　　　〝老師…他…他…　〞　同學們很驚恐地這麼說著
　　　〝他剛剛飛走了耶…　〞

　　　　或許在上課之後會是這樣的對話吧　鴿子眷戀著秋天　秋天是妳的顏色　週五的人們開始談論起明天的天氣　公園在文具店的對面　漫畫屋在街的轉角　口袋裡掏出的是去年的火車票　沿著那張地圖走就能找到那座移動的島　走在後頭妳安靜地拉住我的手　彷若忘掉了所有的悲傷　或許明年會和今年一樣　都還能看見妳眼裡的雲彩　但誰都不可以說出口　直到我們都不再記得彼此的模樣

　　　　〝喵…這顆橘子給你　〞
　　　她貓言貓語地從便當袋裡挖出了一顆橘子　

　　　　總是撐到門禁時間的最後一刻　依依不捨地揮別在吳興街的巷子裡　但那畢竟是無法永遠的單純愛情　相守的情人如今已各奔東西　那男人喃喃地重覆那時的諾言　在離別多年後的天空　當那條小巷再次飄起雨水　當她離去之後　我就再也沒有聞到那香甜的橘子味了　然後永遠結束了學生時代　失去所有的暑假　失去所有單純的夢想　失去蠢蠢的愛　每一個穿上西裝的上班族　總在抽煙的樓梯間偷偷想起　那所有不再回來的過去

　　　　那之後　我也失去了片段的記憶

　　　　噠噠的船舶載走了父親堅強的臂膀　椅子上　是醬油味的海

10

邊　青空底下　抓著我的衣角　哥你看　那裡有條好大好大的彩虹
整個季節覆蓋著轟隆隆的椰子林　雙手背在裙子後面　我會說請謝謝
對不起了喔...　妹妹剛學會了這一句　樹影永遠停在門口　下午以後
就聽不見電話鈴聲　還有好多地方還沒去探險　喂　數到三之後就不
準再跑　這是我們說好的事...

　　　媽祖的眼裏有著深邃的等待　一定要回來啊　但沒有人喊出
聲　母親您要掩飾多久那深埋在地瓜粥裏的淚　歌聲不止　教堂永遠
望向不知道的遠方　在長大以後搭上往北的列車　背著光的方向好讓
你們看不到我臉上的淚水　但妹妳別哭...　我會記得　鞦韆帶我們到
過的每一個地方　我們打勾勾吧　這次絕對不會賴皮了　冬天的時候
我就會回來牽起妳的手　有年獸喇　那時候我們就可以放鞭炮了　火
車動了起來　一如片刻震耳而來的夏日蟬聲　揮著手　母親笑著　我
們都已學會了所有　美好和悲傷的事　就和那些來這裡的客鳥一樣
終將不會永遠悲傷地棲息...

　　　請　謝謝　對不起

　　　好安靜啊　小吵　妳知道嗎　我再也不想醒來了　有一片陽
光無聲無息地越過窗簾越過窗戶緩緩地炸亮了整個房間　這個夏天最
後的一片陽光　如此緩慢而零落　有一隻海鷗　穿越無數個日午與夜
晚　竟日不停地找尋那座天空的島　上班遲到了　但沒有人打電話來
　或許就這麼睡著了　包著棉被　包著那片靜悄悄的陽光　蹺了一天
的班　然後都沒有人發現...

雲朵兀自神色自若
聚散遷移於晴空萬里之上

〝所以我叫小吵啊…〞 然後她笑了起來

　　妳隨手在天空比畫的是一條分離的拋物線　再怎麼努力都是無窮遠的那端　這條小路的盡頭是另一條小路　路的兩邊是無法跨越的牆　或許出口就在我願意說願意的那裡　但這座城池有著妳所無法想像的悲傷　只好在妳的面前放浪形骸　夜空啊　喚醒了這小巷裡的繁華燈火　卻教人寂寞　哪一天我可以找到風吹來的方向　哪一天我可以說出口　我會站在樓下等著妳出來　可是我們誰也不認識誰…

〝我們在一起好了…〞
那就是另一個完全不同的開始了

　　有一天有個叫做阿布的小孩子在放學回家的時候　在學校附

近的排水溝裡發現了一隻小鯨魚　　　阿布將那隻小鯨魚撈起來然後放進他的小書包裡帶回家　頭幾天阿布把它養在金魚缸裡面　因為那隻鯨魚很小　跟金魚沒什麼兩樣　所以一開始的時候它很快樂地在裡頭游著　但小鯨魚長得很快　才不過幾天　就卡在金魚缸裡沒辦法轉身　阿布只好把它換到大一點的水族箱　和爸爸養的紅龍放在一起　可是那隻小鯨魚很喜歡噴水水　因此惹得紅龍很不高興　〝你這樣會吵到我〞　紅龍很不友善地游了過來這麼說著

　　〝那…我該做些什麼好呢〞
小鯨魚這麼問
　　〝隨便…不要打擾到我就好了〞
　　〝那…你都做些什麼事呢〞　小鯨魚很好奇
　　〝沉思…我喜歡沉思…所以…〞
紅龍翹起了他的兩條鬍鬚說
　　〝你就別再噴水了〞

　　然後紅龍就游走了

於是我想起大一那年的夏天　下午的街道以及滂沱的雨　困
在房間裡　只能發呆外加想著一個人　望出去的窗子外面是片霧茫茫
的天空　是在什麼時候發生的呢　什麼時候呢　房間裡的小書桌　貼
在牆上飛機模型的海報　一台老電視機　一個堆滿漫畫的小書櫃　一
台電風扇　一顆小鬧鐘　前房客留下來的單門冰箱　外加一張床　小
小的房間小小的窗子　該去什麼地方　該怎麼說出口呢　按了幾個號
碼以後又趕緊把電話掛上　還沒想到一個好理由　真是傷腦筋啊　外
面的雨怎麼會下得這麼大　好像待會就要漂流在海上了

　　　〝你好...我找知柔〞
　　　〝誰?〞
　　　〝...對不起...我找知柔〞
　　　〝你打錯囉...我們沒這個人〞
　　　〝啊...不好意思〞
　　　（這場雨要下到什麼時候才會停呢）
　　　〝你好...我找谷知柔〞
　　　〝你是誰啊?〞
　　　〝...我是她同學〞
　　　〝她現在不在家喔...你晚一點再打好了〞
　　　〝喔...好〞

　　　　所有的時光停在突然想起的剎那　雖然曾如此發生但其實沒
有人會記得　今天傍晚烏人打了一通電話過來　我們去基隆吧　這麼
說著　兩個人就開上了橘黃色的高速公路　過得還好吧　還好　那你
呢　也還好　昏黃的天空突然飄起了一陣花雨軟軟地打在車窗上　搖
著雨刷的車窗倒映著車裡老去的兩個人　唉　基隆就是基隆啊　陪我
去海洋大學的堤防坐一坐吧　可是不是下雨了嗎　是啊　待會就停了
吧　那如果還繼續下呢　不知道　應該不會下了吧　那如果越下越大
就不去了嗎　...唉　算了

　　　　或許我們都已經老了　而且老到不能再淋雨了

　　　　小吵　我就快聽不到了　所有正在晃動的聲音都逐漸遠去
這兩天一直昏睡到下午　好像永遠醒不過來了　不曉得發生了什麼事
妳的手機一直不通　好想找妳說說話　我的臉頰還燙燙的　昨天在

浴室裡照鏡子的時候才發現還有紅紅的手印　已經幾天了　張開眼睛之後是懶懶的傍晚　我還記得到隔壁鄰居傳來炒菜的味道　他們今天的晚餐將會有一盤香香的炒芥藍　我應該聽到抽油煙機的低鳴聲　鍋子和鏟子的炒菜聲　小孩子的喧鬧聲　甚至我應該聽到門鈴響起　那在廚房的太太喊著小孩們　爸爸回來囉　快去開門　可是我竟然什麼都聽不到　是我已經遺忘了聲音　還是聲音已經離我越來越遠了

　　　　突然雨就停了　一群海洋攝影社的大學生窩在濕濕的堤防上言不及義地聊著各自遙遠的未來
　　"以後我開一間工作室...專門拍妹妹〝
　　"哼...我看你只想拍人家全裸的那種〝
　　"等一下...那叫藝術...藝...術o.k.？〝
　　"不對...我看他想拍A片...然後自己當男主角〝
　　"那誰來當導演？〝
　　"喂...你們這群色狼...夠了喔〝　其中一個學妹生氣了

　　"我想當導演...〝　鳥人說
　　"不是拍A片啦...我是想拍一部很屌的實驗短片...〝

　　　　閤上眼睛喔　讓我安心地傾聽妳那如綠葉初生般不安的聲音　一如影之於光　時間　對坐於長廊之前　那人閒居於此　一如魚水之歡　閤上眼睛喔　但僅止於這三道石階　我影鎮日落於妳底左側　時間於妳之前暗自交歡　窗　背於光之後　與我糾纏在一起　還哭呀　不哭了不哭了　閤上眼睛喔　南風妄動妳底衣裳　光於水塘之上　這會天都暗了　風鈴停了嘛　可睡了麼　閤上眼睛喔　我一直在嘛　不怕了　醒來天就亮了　你還有夢想嗎...　在開回台北的路上鳥人突然這麼問我

　　　　事實上　我已經兩天沒去公司上班了　我這麼回答他

　　　　蘆葦晃動了島岸河堤　河堤晃動了晴空　晴空帶來不復記起的往昔　背著陽光的方向　所有的人都看到在天空有一座緩慢移動的島　小孩子跳過了青草坡　小孩子在放學以後校門口會停一台麵包車　在街裡的角落有一間小書局　在書局的隔壁是間叫做〝伊里亞〝的咖啡館　咖啡館裡有一個唸圖管系的女工讀生　她有著兩顆可愛的小虎牙和笑起來淺淺的酒窩　在每個早晨總是可以聞到她烤麵包的香味

聽說在早餐桌前　她會為你準備一份草莓口味的鬆餅和一杯阿華田
我去上班囉　這麼說的話　便能得到她一個香甜的吻　小趙在這個
暑假開始的時候下定決心追她　有一天他帶著兩個黑眼圈來找我　我
快咖啡中毒了　他說

"你就不能喝點別的嗎 "
"不行...因為只有咖啡是她親手煮出來的 "

於是有人蹲在樓梯間說起愛情　總是如此等待　然後如此錯
身而去　像那些一臉茫然的路人這般錯身而去　無人能記起擦身而過
的那人臉孔　宛如他不會再記起她一樣　或是她不會再記起他一樣
土川說這是個愛情氾濫的城市　連幸福也一樣氾濫　氾濫成災我們早
已失去了愛情和幸福　他振振有詞地說著　他好像看見了某些事物的
真理　他說只有得來不易　才會奢侈地教人珍惜　那時我突然想起了
妳　我還是失去妳了　只好在妳的面前胡言亂語

能看見的都看見了　只是要怎樣才能放下心裡的那塊石

就這麼一天過去一天　　　　　　　　　那隻紅龍還是
一樣在沉思　只是他再也不能游來游去了　因為那隻小鯨魚大到卡住
整個水族箱　他被困在下方的一塊小角落裡　每天面對著牆壁發呆
但在水裡的玻璃像鏡子一樣會倒映出他的呆樣　於是他只好翻起白眼
沉思　但這樣一不小心就會睡著　有一天紅龍昏沉沉地醒來之後　在
玻璃鏡子的倒映中發現那隻愛噴水的鯨魚不見了　昏黃的日光燈不斷
從水底白沙湧起的氣泡和轉不停的風車　這個說大不大的水底藍藍的
不知怎麼搞的　他突然覺得寂寞了起來

"我們在一起好了... "

那是她永遠不會知道的世界了　洗掉回憶像洗掉什麼一樣去
錄另一個新的節目　在老時會悲傷地想起的那些不是假的　但我多想
能在那年親口對她說出這些　在我們都還能看得到夢想的時候　今年

夏天是怎麼了　清澈的好像家門口對面的公園　她胸前的口袋還停留
著千萬朵夕陽　如此溫暖而哀傷　還有多遠的距離才能回到最開始的
地方　在多年以後我們終於遇著了坐在一起　她溫柔地牽著小孩臉上
彷若還有著少女時的靦腆　這個夏天的傍晚公園裡有著絢爛的雲彩
可是有個人好想在她的面前掉下眼淚...

後來聽說鯨魚不再噴水了
他開始學會唱歌

在說遠不遠的地方　有個背山靠海的城鎮　住了一隻小海鷗　他叫做２號　那地方總是飄著青草味道的涼風　一整年都是讓人想偷懶的好天氣　白花花的山坡　零星散佈藍白顏色的屋頂　外加一根紅磚煙囪　小小的庭院　攀爬其上的牽牛花　和藹的老婆婆坐在門口迴廊的椅子上　懷裡窩著一隻愛睡覺的貓　小鎮的偏南方是座漁港　漁港右側的懸崖平台上有一座白色燈塔　小海鷗２號會在放學後的下午　在迎著光的那片海上　複習老師教過的飛行技巧

　　小海鷗２號今天在躍出懸崖之後收攏翅膀往下俯衝在快抵達海平面時在那瞬間想要轉彎拉起卻沒抓好相對距離一不小心打到海面失速滾了幾圈喝了幾口海水弄得全身濕淋淋只好改成低空平飛開始反省自己上課都不專心

　　整個夏天都只有妳一個人　手插在背後的口袋　這條馬路的電線桿斜成天空一角　天氣涼的妳便跑了起來　「我們跑到下一個站牌等公車吧　」但颱風快來了　或許待會我們就被吹散然後永遠見不到面了也說不定　「誰都不可以學烏鴉說話　」妳生氣了　雙手叉在腰間看起來很是可愛　這座城市只有在這種天氣才會讓人想奔跑　那就開始呀　你一定追不到我的　偷跑　誰理你呀　這個老去年紀的夏天是那條看不到天空盡頭的馬路　所有關起門的商家用一種神奇的速度緩慢地後退　妳的裙襬盪啊盪地在這並不孤單的下午　但這樣跑或許會跑到某個不為人知的神秘地方　那我們兩個就在那裡老死吧　是喔　妳笑了開來　「在那很遠很遠的地方有一個叫做狄倫特的村莊喲　」妳手指著　遙遠我便開始有了夢想

　　後來我回想　才發現那是妳唯一一次告訴我那裡的名字　妳隨口取了個村莊名　但妳確實向我而來　小吵　整個夏天都只有妳一個人而已

　　整個夏天都只有妳一個人而已　只是那男人一樣坐在樓梯間抽煙　他總是悶悶的　他的公司在13樓　是那棟大廈的最上層　所以

有的時候他會走上去打開消防門　去頂樓陽台吹吹風或者看一看天空　那個男人真的很悶　當公司的同事出來休息聊八卦的時候　他也總是避開一旁自顧自地抽煙　甚或就熄了煙頭回去繼續上班　他是個電腦繪圖員　他對人總是客客氣氣的但不多話　如果有什麼爛案子丟給他畫　他也總是安靜地接下來不會找理由推託　那家公司的老闆其實很是器重他　但完全不知道這男人在想些什麼　因為他總是悶悶的

〝我是 104 型的…那你呢〞
〝我是消防_119　職責為…〞
〝咦…這算是新機型〞
〝是的〞
〝那…那消防員不該被植入夢的吧?〞
然後搜尋_104又多問了一句
〝這跟你要去的狄倫特又有什麼關係呀〞

夢裡的那座城市陽光頹靡而燦爛　醒過來的時候又是下午了　小吵　洗了把臉喝掉一瓶養樂多就打電話給掛牌　跟他約在校門口　基隆路的公車永遠那麼多　兩個人蹲在大門口旁的警衛室這麼抽起煙來　今天是蹺班第幾天了啊　第三天了　公司有打電話給你嗎　沒有　哇塞超屌的耶　啊你的東西咧　還留在公司　呵呵你第一名　那接下來你打算怎麼辦　別聊這個　那個十二樓的女生你還記不記得　就是上次我跟你講的那個啊　笑得很大聲的那個　喔有點印象　她怎麼了　她狠狠地打了我一巴掌　哈哈你是玩弄了人家小女生的感情是吧　哪有　我是這種人嗎　那不然是怎麼樣嘛　不然她幹嘛打你　等一下　不會吧　怎麼了　真的還假的　那不是永德嗎　永德　永德是誰啊

但那都是過去的事了

是的　不堪碰撫啊　這頃刻如斯的夢　知柔和永德走在一起　知柔和永德坐在一起　然後海水湧進空盪盪的教室　海水藍藍的天空　知柔和永德一起上課　知柔和永德一起放學　她們是很要好的同學　於是海水淹沒空盪盪的教室　喂　谷知柔　我傳給妳的紙條掉到地上了　從桌子掉到地上了　她俯身拾起操場上的落影　好幾個日午與黃昏　裙影翻飛　大風炭炭　大樹寂寂　轉角的樓梯　走廊的底處　她在我跟前轉頭　在飲水機前傾身　擁入那片光裏　但小喵喵會怕光　小喵喵不喜歡我提起那些往昔　小喵喵跟我說　你看見了鴿子留

在空地上的影　然後你會看見鴿子　那麼今年一定會是個是很長的夏　要不然這個下午怎麼做了好多的夢　哈囉　打電話給我好不好　我們來聊聊以前發生的好多事　那麼大的土地那麼大的天空那麼大的海　還有沒有人在呀　喂　用盡了力氣地喊　在學校的後山　鳥人問我還有沒有青春　可以拿來增添夕陽的顏色　是再也唱不來的情歌吧　也不會有其它的了

　　　　你好　這是電話答錄機　我現在不在家　請在聽到嗶一聲之後留言

　　　　其實小海鷗2號偷偷地喜歡班上一個7號女生　這件事沒幾個人知道　但小海鷗2號有時會忍不住跟他的幾個死黨說
　　　"偷偷告訴你們...我喜歡7號耶　"
　　　"...這個...不好吧　"
　　　"為什麼?　"
　　　"她是班長耶　"
　　　"奇怪...有誰規定不能喜歡班長的　"
　　　"是沒錯...可是我不喜歡領導型的　"
　　　"那是你　"
　　　"好...好好...給你喜歡可以吧...可是　"
　　　"什麼　"
　　　"你不覺得她飛行的姿勢很難看嗎...　"

　　　　海鷗7號幾乎在每學期都會被選做班長　因為她是個成績很優秀的好學生　但她右邊的翅膀在很小的時候受過傷　所以在她飛著的時候　總是搖搖晃晃地沒法保持平衡　這在別的小海鷗眼裏看起來　根本就像是快墜毀了一樣　但儘管如此　她每回代表學校參加校際飛行比賽　都還是可以拿到第一名　她就像是一顆搖晃的砲彈劃過天際但卻精準迅捷地叫人完全信任　在那時小海鷗2號就會窩在家裡看電視轉播　他最喜歡看7號在飛行比賽時的閃耀神情　她那清澈而勇敢但不向自己身體屈服的堅毅眼神　就好像什麼一般

　　　　真的就好像什麼一般

　　　　然後那個樓梯間的男人蹲坐了下去　點了一根煙又抽將了起

來　〝這種生活只是在等死罷了〝　他說　〝真的是在等死啊〝　還
有沒有夢想呢　或者是一些不僅只是為了生存的事　葉子凋零成一種
哀傷在天際　我記得這是鳥人告訴我的話　鳥人攝影社的學長在還不
是個大導演的時候　曾經拍過一部八厘米的實驗短片　他在短片裡這
麼說著　我以後要當個大導演　賺大錢　給那些想當導演的人當導演
　　後來鳥人的學長當上大導演賺了大錢　買了好幾棟房子　好幾部車
他已經失去了年輕時候單純的熱忱　也已完全忘記了那在苦難裡曾
經有過的偉大夢想　有個重考的夏天　我和鳥人兩個人窩在同安街底
的河堤　抽著煙遙望著黃昏天空　加油啊　等你考上大學...　鳥人說
我們就可以一起做很多事了　一起拍一部片　一起組個團玩音樂

　　　　我們就可以一起做很多事了

　　　　颱風就快來了　小吵　妳醒來了沒　有人打了通電話來　我
沒有接　它也沒有留言　是公司打來的還是妳打來的　這幾天　想起
好多好多的事　只有一個人的名字是可以被容納的　它叫做相愛　悲
歡　以及來去　在這之外的　是永不被更改的過去　所以妳我的現在
是個有跡可尋的現在　它必然成就的　是一個終將老死的未來　在
這之內的　也只是我能記得的　那麼我所記得的　也終將不被更改了

　　　　所以已經沒有辦法了　老是跑錯的咖啡店　想不起來的巷弄
號碼　整個夏天　就只記得天空是藍的　販賣記憶的流浪漢聚在天橋
下　靠著救濟金和僅剩的美好回憶渡過餘生　小吵　每個加班回家的
晚上躺在床上就昏睡了過去　但我還想找回那失去記憶的夏天　屋
頂上　黃色飛行船掉轉過頭　它正準備離開這個教人陌生的城市　但
已經沒有人記得了　一如苟且的螞蟻那樣倉皇四散　空襲警報劃破天
際　這裡就快淪陷了　我還能握緊妳的手嗎　像往常一樣　守住一些
小小的好　在我們還沒老去的時候

　　　　在我們還能記得那麼多的時候

26

在夢裡我看見妳睡著了
但那時我不曉得自己也是睡著的

她睡眼惺忪地帶走了烤麵包機　還有紅色的手提電鍋　在晨
光漫延進旅社之前　〝風景太好...〞　阿還說　〝於是我們便也忘記
了原本的好〞　梳妝台前　鏡子倒映著孤單　〝這全都是我自己...〞
　電風扇一樣左右來回地轉　〝無中生有的想像〞　然後打開窗子
這座小島有一條環島的公路　沿著海岸線走　有幾棵檳椰樹　〝再也
沒有什麼好失去的了...〞

　　　　阿還說小小她帶走了很多
　　　甚至不小心帶走了旅社的熱水瓶

　　　　海風吹過旅社門口的小櫃台　海風吹過櫃台上的投幣電話
海風吹過媽媽桑背後那片掛滿鑰匙的牆　那個老人盯著小電視　整日
坐在旅社門口的搖椅上搖啊搖　某個離島的渡口她迎著海風等著渡輪
載她走　海風吹過了還會再來　阿還在剃了光頭之後來找我　那時他
從口袋掏出一張破紙　〝這是一個老人畫的...〞　他說

　　　　是通往狄倫特的地圖

　　　　首先　你先看到了在夜晚的遠方有了緩慢亮起的光　但不曉
得那是什麼　並且隱約從空氣中傳來沉悶的重鳴　繼之而來的是大地
的震動　一整排的路燈和紅綠燈架忽地晃了一下　重重地晃了一下
所有的車子都停了下來　緊接著你看到了第二次的光　完全來不及掩
上耳朵　那光在瞬間就完全炸亮了這座城市的夜空　所有的路人都停
了下來　（所有的路人都耳鳴了）　他握緊了她的手

　　　　開戰了　我的薇雅拉

　　　　她旋轉了起來　在水晶燈晃亮底下的舞池　樂隊奏起　氣氛
飽滿　最後一個夜晚了　她帶起了他　她踮起腳尖　他們旋轉了起來
　什麼都來不及了

"那麼還有什麼是我所不知的呢…" 飛行之父默西亞這麼說 "或者是你以為你能告訴我的 這個世界之前 不過是另一個世界罷了 就算那是我所不知的 又是誰能知道這不知的 如此說來 還有什麼是我所不知的呢 只是你怎麼還學不會謙卑 以高倨的姿態來向我索求 那只會讓世人遠離你 也讓你遠離了自己 我右手能拿的 超不出這巴掌大小的範圍 左手能拿的也不可以再多了 是我知道自己為什麼想拿 不過如此罷了 "

　　那你知不知道自己是為了什麼要拿呢 不過如此罷了

　　於是小吵 我寫好辭呈了 在大鬍子的茶館 他正放著一種被稱為心靈治療的音樂 它是以一連串重覆的低音為背景 偶爾適時地加入一些高音音符 據說可以舒緩現代人緊張的情緒 並且可以對工作產生較高的抗壓性 於是有時會聽到海浪聲 蟲鳴鳥叫聲 炫一點的會有泡泡聲 "你過得不是快樂吶" 胖胖的大鬍子店老闆躲在櫃台裡突然冒出這麼一句

　　"那麼…" 他滿臉鬍子突然從櫃台裡站了起來
"讓音樂來治療你吧"

　　對了 小吵 昨天和永德很驚訝地打了照面 哇 好久不見了 是啊 好像有幾年了 畢業之後就 對對那有八年多了 你現在在那上班 我電腦繪圖員那妳呢 嘿 那你現在怎麼會在這 還蹲在人家校門口的警衛室抽煙 啊這這這 他性格啦說不去就不去了 咦 你是誰啊 我掛牌 跟他是以前辦海報認識的 你看起來還很小啊 還是學生嗎 對啊我小他七歲 呵…小朋友 別整天跟老人混一起 很容易就變老的 對啊對啊 我也覺得我越來越消極了 那…妳是誰啊 我永德 他以前的大學同學 是喔 他啦東西還放公司 先別說這個 那妳呢 出來跑業務啊 那有你這麼好命 還蹲在這裡抽煙 你是不用上班啦 是啊是啊 啊對了 前幾天我在公園遇到知柔 是喔 是啊是啊妳先去忙 我們留個手機號碼好了

　　再打電話聯絡好了 妳先去忙吧

寫到這裡的時候　茶館裡的敲門狗突然沒有敲門直接開門進來了　敲門狗...你你...　你學會開門了　大鬍子老闆眼中泛著淚光把敲門狗緊緊地擁在懷裏　我在離開那間茶館的時候　是個大風涼涼的夏日午后　在對街的小吃店吃了一碗麻醬麵　外頭先是滴下了一滴雨　電視新聞傳來氣象局發佈陸上颱風警報的消息

　　　　今晚暴風圈將會籠罩這座島　小吵　這個晚上　或許就能找到妳了

　　　　但飛行之父默西亞還是離開了這裡　因為世人誤解了他　或者也因為世人不再需要他了　第五個颱風　這個夏天快要結束了　旅社裡有個叫做阿還的男人在睡醒後發現　他身旁的女人帶走了所有的東西　他不知如何是好剃光了頭　靠著口袋裡的一點錢在那座小島又停留了一陣　他整日沿著海岸公路漫無目的地四處遊盪　一直到那旅社門口搖椅上的老人開口跟他說話　"年輕人...你是為了什麼來到這裡呢"　那老人搖啊搖的　眼睛望向很深很深的遠方　櫃台的電話突然響了起來　劃破小島午后沉悶的巷弄　但電話沒有人接　你是為了什麼來到這裡呢...　老人說

　　　　你又是為了什麼遺忘在這之前的你呢

　　　　引擎轟然　以亞特蘭堤斯為名的黃色飛行船　將帶走她到他無能窺見的地方　老廣場上　他和她　極左派的人們隔著鐵籠大聲喧囂　什麼時候才會結束　和平什麼時候到來　鴿群振翅高飛　俯身靜看　衣裳華麗的隊伍　鎮暴警察　頭綁布條的窮苦百姓　硬生生的兩個世界　老廣場上　大紅帽　白色洋裝　她雙手抓著行李箱　在他面前飛舞旋轉　"我好不好看..."　她這麼問他　夕陽塗鴉了青春的顏色　他呆呆地站著彷若忘掉了這個世界的戰爭　第72號的飛行航線　A3班次單程船票　地勤人員掛上了防風眼鏡　引擎轟然　再見了　他說　我的愛

　　　　我的薇雅拉

也許世界之末連愛情都要分開　她是一國的公主呵　他這麼想　我也只能留在地面了　只是電話鈴聲一直響著　有人踩著拖鞋嘎啦嘎啦地從二樓跑下來接電話　"你是為了什麼來到這裡呢…"　阿還重複了一次那老人的話　"你又是為了什麼遺忘在這之前的你呢"　然後阿還笑了起來　"我明白你的意思了"　於是那老人手伸進上衣的口袋掏出一張破紙　"這是通往狄倫特的地圖"　那老人給了他那張破紙　"給你一點事情做吧"　然後那老人閉上眼睛在搖椅上又自顧自地搖起來

　　"你怎麼剃光頭了…"　我問阿還
　　"要我留長髮的女人跑了…我要走了"
　　"現在風雨這麼大…你要去哪"
　　"隨便…"　他想了一下
　　"都好"
　　"或許去找小小…或許…"
　他從三樓陽台跳上橡皮艇
　　"或許我會比你先找到狄倫特…"
　然後阿還就划走了

　　有人喜歡知柔　有人總在夢裡夢到知柔　就像阿還喜歡小小　就像掛牌喜歡于瓊文　就像鳥人喜歡邱欣予　會有一個地方喲　那是連風箏都不能到達之地　萬里雲層之上　數百座風車發電廠　稀薄的光　青草海上一棵優曇樹　晾衣竿　被廢棄的老城鎮　不能窮盡的遠方　那是跟著天空緩慢移動的一座島國　所有小孩在盪起高高鞦韆的時候　都會指著那座天空的島　那座無人能到的天空之島　會是一個怎樣的美好地方…

　　會是一個怎樣的美好地方呢　小吵　第五個颱風　今年五摺的颱風草　這最後一個颱風　海水倒灌了　一樣找不到妳　在妳的語音信箱裡留了言　橡皮艇被阿還划走了　那公寓陽台外的浪頭正洶湧　會湧進來嗎　湧進落地窗　這樣會被捲去多遠　如此一來　警方說不定會將我口袋裡的辭呈誤認為是遺書了　"浪來了大家…"　阿還喊著　快浪啊　那年的喊叫聲被颱風淹沒在堤防　"海浪你們聽著…"　高中制服　阿還鳥人和我和老歪　"海浪我們要起來打倒這世界的不公不義…"　渾身濕透在颱風夜的大風大浪裡　"海浪我們要起來革命了…"　用盡全力地喊

我們要起來革命了海浪你們聽到了沒有

　　　　手電筒的光在海水之上晃耀　海水淹漫到腳踝了　還能淋雨的那些時光　突然湧進這個烏漆抹黑的停電房間　後來阿還考上中部的學校　他在唸了一年的哲學系後不知怎地染上毒癮被退學　在勒戒所裡待了四個月　〝這東西…〞他說　〝真是世上最悲哀的快樂〞他如此覺悟後也沒學校唸跑去簽了三年的兵　在花東營區外的漢堡早餐店認識了一個睡眼惺忪的女人　妳叫什麼名字　我叫小小　那你呢　我叫阿還　〝那…〞阿還說　〝等我退伍…我們找座小島的旅社廝守一生吧〞那你要留長髮　小小說　我不喜歡平頭的

　　　　最後敲門狗學會了開門━━━━━━　但大鬍子仍舊懷抱著希望　〝總有一天他會學會關門的〞只是那已經超越一隻狗所應具備的基本禮儀了吧　小吵　那個剃了光頭的阿還在颱風天跑來找我給了我那張地圖　我已經知道通往未知國度的路了　就在某個地下客運的候車亭

　　　　而那將會是個開始

陽光的暗處正攀爬梯間直上牆沿
只是沒人聽到些微聲響

樓下的貿易公司跑出來三四個女職員　然後又開始了聒噪不休的對話　安靜的樓梯間頓時成了菜市場　其中那個笑得最大聲的女生今天不一樣　賊頭賊腦地摸了上來　她穿著一件鵝黃色的夜校制服　綁著馬尾　站在那裡好奇地看了我許久　一陣沉默之後　她突然大大地伸出她的手掌

　　　　〝哈囉~木頭人~跟你借個打火機〞　她說

　　　　日光燈把海水照亮了　靜悄悄地　排行第八的小天使感冒了頂著昏昏欲睡的光　棕櫚樹老愛跟人賠罪　星星們窩在游泳池裡互相取暖　沒人發現的海灣　來點雨　貝殼給蝦子們當傘　剪刀石頭布螃蟹猜拳又輸給燈籠魚　還有一個好空位　可以用來跟你交換　玻璃瓶　鋁箔罐　小天使臉紅紅的　坐在長椅凳上睡著了　連翅膀都歪歪的　〝喂你很悶耶…〞　她點著了薄荷口味的卡迪爾對我說

　　　　〝妳才吵〞
　　　　〝所以〞　她說
　　　　〝…我叫小吵啊〞　然後她笑了起來

　　　　颱風　一百塊的手電筒　照常營業的老茶館　老朋友　約在老地方　這天氣　適合聚一聚　這城市泡在海水裡　載浮載沉的小青蛙 F　趴在保麗隆上　倒灌的海水　不穩定的天氣　超爛的手電筒就跟昨天夜裡的爛颱風一樣　那麼不穩定的系統也必然被丟到角落去　無所事事　伴遊型的機器人　違法下載了情感的虛擬軟體　會飄流到什麼地方呢　小青蛙 F 等著陽光　等著藍天白雲　等著薇雅拉公主深情的那個吻

　　　　〝海鷗〞　突然有人喊叫出來　驚醒滿船的衣衫襤褸　他起身　亂著頭髮抬過頭來　勉強挺直了在那海風漫漫的船頭　〝瞭望手…〞　他聲嘶力竭地喊　〝瞭望手…陸地…〞　他聲嘶力竭地喊　〝窮你目力之所能及…窮你目力之所能及啊…〞　但畢竟滴水未進了太多時日　只有驚呆他身旁的甲板手聽得見　他那已乾枯沙啞的喉音繼續喊著

〝陸地…你看見 〞 他繼續嘶喊著但已完全沒了聲音

（你看見陸地了沒有…窮你目力…窮你目力）

　　　窮你目力之所能及啊　是的　你以為　所見之物是什麼呢
能見的那個又是誰了　我們憑藉著光　看見的是物　能見的是眼　失
去其中之一就什麼都看不見了嗎　但為什麼我閉上了眼（我失去了眼
）　關上燈（我失去了光）　我睡去（我失去了對待的物）　我仍能
看見那萬千世界　那萬萬千千的世界啊　她也在其中　像當年一樣
一點也沒有老去　我是閉上眼的呵　我還是看見了　在那麼多年以後
她也看見了我　如夢般的晴空　在這不用光的我的萬千世界裡

　　　街角的下午總是有人叮叮咚咚地彈著鋼琴　時間在這座城市
的上空停了下來　她穿著白色短袖的Ｔ恤　傾身於飲水機前　在教室
的走廊　在最初和最開始的時光　秋天什麼時候來呢　我永遠來不及
開口　秋天走了嗎　我們也跟著老去了　在這黃昏的公園裡　小女孩
抓著媽媽好奇地問　〝媽咪他是誰啊…〞

　　　〝不禮貌…叫叔叔 〞
　　　〝叔叔好 〞
　　　〝叔叔是媽咪的大學同學喔 〞　媽媽溫柔地這麼告訴小女孩

　　　還有人在嗎　在這不用光的我的萬千世界裡　好像已經沒有
記得的事了　如同失去記憶後的我已經不是個完整的人　大風淹漫了
整片山頭　抓都抓不住這褪色的領口　有沒有人看到啊　那裡的燕子
正在彼此揮手告別　喂　不許哭　不許哭啊　沒有不散的永遠啊　有
一天　或許有一天我們都能親眼看見奇蹟　就像妳親口告訴我的那樣
　就像我想讓妳親眼看見的那樣　就像尋找陸地的人們　在汪洋大海
裡看見的海鷗那樣　一定近在眼前了　是可停靠的陸地　但在那之前
　在那麼久遠之前　在那時

　　　那時…　〝那時怎麼了 〞　掛牌這麼問　那時她就存在了

38

像個女神一樣絕對卻又遙不可及　就像你的于瓊文一樣　永遠無法在一起　〝那小喵喵呢…〞　出現在最悲傷的時候　也在最悲傷時離我而去的人　〝沒有誰對誰錯吧…畢竟那不是…〞　掛牌吐了一口煙圈是啊　但為什麼又在一起許多年　這許多年又是為了什麼呢

　　　　這許多年又是怎樣的一場呢　海水終於湧進街道轉角湧進巷口　湧進公寓陽台湧進落地窗　然後海水湧入了胸腔　鼻孔終至滅頂　從這波光粼粼望出去的是片叫做不來的天空　天都藍成這樣了　竟還想再多看一眼　我們都無有來處　哎　誰叫我們都寂寞成如此這般明天你會想起那個愛你的人嗎　或是那個人會打一通電話給你　那一年的最後一天　誰也沒有打　誰也沒有來　但這些年全過去了　愛過的人　這座城市　從天空看下去　越來越遠　低著頭　眼淚全流下來了　我所剩的還有多少　只剩一把神奇的鑰匙　　　　可以用來開啟黃色保溫盒　舞台上也只剩一盞聚光燈跟著她跑　是小喵喵啊　但她身邊有個男生　在和她親親抱抱　颱風就快走了不是嗎　讓我再睡一下　或者可以讓我蹺個班　這是我身為一個大人最卑微的請求　我想坐火車去遠遠的地方看大大的天空大大的海　然後在那裡遇到逃學去看海的小朋友　大哥哥　你不用上班嗎　啊我今天蹺班　咦小弟弟你不用上課嗎　啊我蹺課出來玩　大哥哥我問你　貝殼可不可以拿來許願啊　如果可以　那這樣我們就有很多很多願望了　貝殼啊小弟弟這我也不知道　是喔對了　大哥哥我跟你說喔　我有養一隻鯨魚　它越來越大隻　真的假的　真的真的　我在水溝撿到的　本來養在水族箱　可是它長得很快耶　然後啊　我現在把它養在浴缸裡它每天晚上都會唱歌給我聽耶

　　　　　它的聲音像大船的汽笛一樣　嗚嗚　嗚嗚~
　　　　　就像這樣　嗚~

嗚~

　　　　　小吵　那聲音越傳越遠　憾動了這座城市所有無法入眠的人

憾動了這座城市所有無法入眠的人　小青蛙 F 睜開了眼

他還在等著薇雅拉公主的吻

在一陣七彩雲霧消散之後　謝謝妳的吻　妳看　他要這麼對公主說　我是一國的王子呵　什麼時候雨過天晴呢　什麼時候就看得到那橫跨兩大青空的彩虹　然後妳跳下了樓梯的轉角平台　木頭人你整天這麼悶　我沒事就來吵你一下吧　然後妳又跳下了下一個樓梯的轉角平台　啊不對　那放肆的笑聲從樓下傳了上來　反正你是木頭人　你沒事就給我吵一下吧　笑聲迴盪這棟大廈的樓梯間　陸地一定不遠了…　他沙啞地說著　你們看見了　那翱翔天際的　絕非僅只是一隻鷗鳥　牠宣告的將是一座陸地的到來　以及我們苦難日子的結束　桅杆之頂的瞭望手　已揮舞起他的汗衫　在我們還看不見的海平面之後　我們畢竟航向了未知的彼端並且證實了那裡並非空無一物

是的　在汪洋大海裡尋找世界盡頭的人們終將靠岸　我口袋裡的鑰匙圈仍然串著那把神奇的鑰匙　那把鑰匙可以用來開啟這城市所有的羊乳保溫盒　黃色的羊乳保溫盒　有個冬天　每一個無法入眠的深夜　摩托車兩側掛著大木箱　清晨三點　羊奶先生來回進出每一條安靜巷弄　每一戶深睡的人家　他戴著工作手套　將一瓶瓶冒著溫暖水珠的羊乳小心地放進保溫盒裡　有一天　有個喜歡喵喵叫的女生打錯了電話給羊奶先生　一不小心兩個人聊了起來　結果羊奶先生發現女生住的公寓是他送羊乳的其中一個地方

〝我也想喝喝看…喵〞　那女生這麼說

於是那個冬天很冷很冷的耶誕夜　羊奶先生多放了一瓶熱呼呼的羊乳在公寓門口的守衛室　偷打瞌睡的警衛伯伯轉交給他一封耶誕卡　於是羊奶先生過了一個不算寂寞的耶誕夜

小吵　都結束了　都結束了嗎　其實不是　那反而是另一個無法想像的開始

我們即將打開的
原來不僅僅是一扇窗

就相擁在一起了

　　小喵喵站在漫畫店前面　〝羊奶先生原來長這樣〝　冷冷的情人節　路口的小吃攤　一樣滴水的屋簷　那年的這裡　我們都相擁在一起了　好像一切都如往常一樣　妳的頭髮都還短短的　妳的眼睛是深褐色　〝你是第一個發現的耶...〝　小喵喵很高興　小喵喵也喜歡羊奶先生　冷冷的情人節　妳問我怎麼了　我怎麼了　我怎麼了呢　我如何告訴妳多年以後　〝羊奶喝多了是不是會得憂鬱症...〝　妳問我怎麼這麼悲傷　但妳不知道送羊奶的人是沒有羊奶可以喝的　而且是因為悲傷我們兩個才會在一塊　是天氣冷吧　這當頭只想找個溫暖的抱　小喵喵不知道說什麼好　小喵喵只好自己在那喵喵叫

　　如果要回到過去那個開始一切的點　也許不該讓我知道那之後的事

　　那個樓梯間的男人公司在13樓　他右手握著滑鼠　左手按著快速鍵　一整個下午坐在電腦桌前　隔壁桌的女同事突然罵了一句不畫了　她站起來去轉開了檔案櫃上的收音機　夏天的陽光在窗外　辦公室裡頭大家都穿了厚大衣　冷氣強得像冬天　像遇到小喵喵那時那樣的天氣

　　飄滿雨的吳興街　飄來了一場多年　〝喵...這顆橘子給你〝　她貓言貓語地從便當袋裡挖出了一顆橘子　〝因為你送我一瓶羊奶喝...〝　雖然小喵喵覺得羊奶很難喝　但她還是把羊奶罐留下來　下午四點的吳興街　圖書館旁邊的牆壁上　有兩個人畫上小雨傘　寫下彼此的姓名

　　〝陪我去裝牙套...〝　小喵喵不喜歡笑　因為她覺得她的牙齒不好看　小喵喵總是吃得滿嘴都是　小喵喵很沒有安全感　〝你不可以喜歡別人〝　小喵喵不喜歡我提起那個人　小喵喵總覺得我還在喜歡那個人　〝你幹嘛都不說話...〝　小喵喵不是很高興　那麼不該讓我回到這當初　那麼就當我不知道多年以後　一切都才開始　一切

都還如此美好而幸福　﹁我最喜歡的是小喵喵...﹂　雨停了的吳興街
有兩個人相擁在一塊

　　　　　雨飄去了松德路　有一天它還會飄回來

　　　　業務部的跟繪圖部的吵起來　圖呢　我的圖呢　客戶待會就
來了　我的圖是畫好了沒　會議室裡頭永遠有人在吵架　那個13樓的
男人拿了一包煙　走去外面的樓梯間抽起來　﹁都是過去的事了...﹂
他自言自語地說

　　　　都是過去的事了　那時大野狼露出了肚子舒服地曬太陽　一
群小綿羊跑過來問他　﹁你要不要跟我們一起玩...﹂　大野狼其實也
很想玩　﹁但你不可以吃我們...﹂　小綿羊們說　﹁我們才準你玩﹂
　大野狼只好邊流口水邊跟小綿羊們玩捉迷藏　大野狼已經好久不曾
那麼開心　大野狼玩得很高興好像回到無憂無慮的小時候　也許是天
氣太舒服　天氣舒服地教人只想玩　天氣舒服地教人忘記了孤單　在
這種天氣就來組個團　阿還吉他一　鳥人吉他二　仕宜貝斯　大緯打
鼓　小喵喵說她要當主唱　﹁誰說裝牙套的就不能唱歌﹂　小喵喵斜
眼側過來　﹁哼...你一定覺得我唱歌沒她好聽﹂

　　　　小喵喵總喜歡拿那個人來吃醋　小喵喵總是用這種方式來感
覺我有多喜歡她　說　你自己說　是不是　哪有　我最喜歡小喵喵
妳冷嗎　我問　﹁喵...不會呀﹂　妳說　把我抱得緊緊的　教堂的鐘
聲快響了　﹁我們要在這個鎮上的小教堂結婚喔...喵﹂　其實想過跟
小喵喵結婚也不錯　說不定每天都有橘子吃　後來我真的喜歡小喵喵
　後來小喵喵也發現我真的喜歡她　可能小喵喵找不到個誰來吃醋
很有可能是這時候小喵喵開始覺得我不好玩

　　　　12樓的夜校女生跳上來　她站在那裡看了看又跳下去

　　　　也許是唱多了情歌　也許是聽多了愛情故事　情侶們相擁在
寂靜的昏黃巷弄裡　有如置身動亂的年代彼此廝守著海枯石爛　這是
不假思索的全部　不需要理由了我們的愛　﹁啊...愛啊不需要理由...
﹂　土川被蚊子叮了直抓癢　﹁那你們怎麼不去愛外面的柏油路﹂

愛啊　都是在看別人的愛　所有苦守嚴冬的寒鴨　都在引頸企盼春天的到來　鴨子天真地以為　春天來了就什麼事都沒了　鴨子荒唐地祈求　這春天永遠別走　當雨水又飄回了吳興街在兩年後　我在巷子裡沒有等到她　等了好久等到門禁時間終於看到了她　她玩得很開心　她跟別人正在親親抱抱　我只好自己買橘子回家吃　然後打電話給好朋友　是為了什麼呢　如此等待它的到來　卻學不會面對它帶來的悲傷　即使在多年後仍然放不下那塊石　〝拿起那塊石的又是誰…〞蚊子太多　土川一邊塗面速力達母在腿上　〝都是吃太飽的事〞他說

　　　　女同事紅了眼眶走出來樓梯間　那個13樓的男人熄了煙頭走進去

　　　　然後踩下了油門　往基隆港口的方向　搖下了車窗　一號國道雲層低壓　紅色貨車在天空裡行駛　後車廂是空的　熱浪襲來　鹹鹹的味道　於是越來越接近了海　音響開得很大聲　放一張當年亂搞錄製的音樂　其實很難聽但聽了很開心　彷彿回到青春時代　在廢酒廠的地下音樂節　仕宜帶著大家在中場休息時衝上舞台　唱了一首爛歌後就被人趕下舞台來　音樂放著放著　最後是一首情歌　是寫給那個人的　總是放到這裡就能看到遠處港口裡的大船　小吵　蹺班第六天　今天早上　一陣啾啾的鳥叫　光透進窗簾　忽明忽暗　颱風應該走掉了　我好像看見了外頭虛弱的陽光　無力地照耀這座剛換上清新空氣的城市　但我還想繼續睡　不上班了有種彌補自己的心態硬要讓自己睡到翻　於是開始跳過一隻小綿羊　兩隻小綿羊　第三隻是笑開了童年往事的大野狼　在青青草坡上…

大野狼突然唱起了一首
叫做1.2.3.的歌

〝我的資料庫裡搜尋不到狄倫特呀 〞 搜尋_104 說
〝咦?怎麼可能... 〞
〝不然你給我其它關鍵字試試看 〞
〝你這什麼爛搜尋器 〞 消防_119不是很高興
〝什麼... 〞
〝呃...沒事...你的地圖有多大 〞
〝多大? 〞
〝我的意思是你的地圖資料庫裡內建了多少國家...世界... 〞

　　　世界相對於什麼才能彰顯它的存在　還是世界原本就不存在
我們手裡能拿的　記得的　從來都不曾失去的　在這之外　阿還說
都只是我們多出來的　那是我們自己無中生有的想像呵　他說　桌
子拆開了　也不過就是一張木板和四隻桌腳　在那個同時　你所覺得
的美麗事物　該附著於什麼事物之上

　　　都是我們自己無中生有的想像呵

但這世界有無中生有的事嗎
畢業那年我開著貨車來回這大城市的所有工地

　　　你看那牆壁　那磚塊要有工廠燒　那磚塊要有人開著貨車送
那磚塊要有人一塊一塊的搬下車　那磚塊要有人一塊一塊地砌上去
那水泥要有水泥車來灌　你看那牆壁　你看那牆壁貼著 ATT-132的
壁紙　那壁紙我要開著貨車去基隆港口載　要一根一根的搬上車　載
到這裡再一根一根搬下來　那壁紙要有壁紙師父載著漿糊機來　再一
張一張糊上漿糊貼上去　你看你現在　你看你現在所處的地方　各有
它們各自的來處　哪裡會有無中生有的事物

　　　一定沒有無中生有的事物啊　一定沒有的啊　無中生有只存
在你的夢裡面　你看你夢裡的那個房間　你看你夢裡房間的那個牆壁
那磚塊那水泥那牆壁上的油漆　沒人砌沒有人漆　牆壁是從哪裡
來的　房間是從哪裡來的　所以無中生有只存在你的夢裡面　所以夢

裡的房間可以就這麼消失不見　你就這麼到了另外一個場景另外一個房間　因為那裡面所有的事物沒有它的來處　所以無中生有只存在你那個不用光的萬千世界裡

　　　　熄燈睡去之後　在掛牌一個人的世界裡　有間畫室　亮起了光　于瓊文正和他一起在畫畫

　　　　光靜默　在海之上　忽然從天空冉冉降下一隻燦爛的白鷗　那是一隻比全世界海鷗更燦爛的白鷗　他跟隨在海鷗7號的身旁　有點挑釁的味道　海鷗7號立刻振開砲彈的姿態與速度　向前直射了出去　但那白鷗從容不迫地緊跟在她身旁　7號將速度提升到時速130公里　（我可是校際飛行比賽第一的）　7號這麼想　但白鷗還在　她再將速度提升到180公里　那白鷗甚至連翼梢都沒動到　7號將速度提升到時速210公里時身體已經開始搖晃了起來　"飛行絕非只是快就好了"　在這樣的速度之下　那白鷗竟然還能開口說話　海鷗7號生氣了　她把速度緩下來之後　她生氣地問
　　　　"你是誰..."
　　　　"我叫佛烈齊..."　白鷗微笑地說
　　　　"從很遠很遠的地方來..."

　　　　"妳仔細地看"　那白鷗扭轉雙翼　在空中把速度降了下來　越來越慢　越來越慢　慢到彷若他靜止了　連他周圍的空氣都靜止了　然後他動了起來　忽地拔起　垂直衝入兩千兩百公尺的高空裡　然後從雲霧裡垂直俯衝下來　他背著炫目陽光以流線型的弧度在快撞擊海平面同時水平拉起　那掃過的氣流捲起層層浪花　光華耀目　緊跟著他又來一個垂直翻滾　然後他慢了下來　以一種慢到不能再慢的低速垂直著陸　海鷗7號完全說不出話來　那白鷗有著海鷗完全無法想像的飛行技巧　而他剛剛衝入來的高空也是海鷗絕對攀升不了的高度

　　　　"教我！教我！"　海鷗7號回過神來馬上蹦出這句話
　　　　"妳喜歡飛行嗎？"　白鷗問
　　　　"是的...我喜歡飛行"　完全無法掩飾住她的喜悅

　　　　那麼就連雲朵都跟著她了　沿著公寓林立的街道上　為她遮

住了昏炫的陽光　她優雅地緩步前行　揹了個大袋子　安靜地把廣告傳單一張張塞到住戶的信箱裡　太慢了啦　掛牌過來跟她說　這樣海報會發不完　她突然紅了眼眶　好像從來不曾受過委曲似地點了點頭　好我快一點　隔天她在電話裡跟掛牌說　"我爸不準我發了..."電話那頭聽得出來有些脾氣　我在沒送羊乳之後改發海報認識了掛牌"青梅竹馬"　掛牌跟我提起她　"小時候一起上學...一起在畫室學畫畫...但她是有錢人家的女兒"　他說　"誰又想發海報了..."那時才16歲的掛牌眼神裡有一絲哀傷　於是我跟他倆人蹲在巷子裡抽起煙來　你現在大幾　掛牌問　大二　那你幹嘛發海報　跟你一樣吧那你以後有沒有想過...　那個暑假　巷子裡的公寓門口　有兩個人坐在海報上抽煙聊著大好未來　我以後要這樣這樣　那我以後要那樣那樣　於是從那天開始　兩個人變成了好朋友　很好很好的朋友

　　　　大風朗朗的晴空　小吵　颱風走掉了　這城市又開始運轉起來　空氣裡有那麼點秋天的味道　行道樹　斑馬線　馬路和辦公大樓一樣的早晨　捷運站裡蜂擁而出的上學人潮　蜂擁而入的上班人潮　妳看那些塞滿的汽車　妳看那些戴著安全帽的騎士　闖紅燈的等紅燈的　慌張的不慌張的　每一個人都有他們的地方要去　誰還有時間去理會別人　誰還去理會你以後要這樣還是那樣　有人說起這座大城市　有人說起了誰還有誰　只是誰也不認識誰　只是誰也沒時間在乎誰　小吵　今天去按大鬍子的門鈴　過了好久才開　他正在客廳烤玉米和香腸　敲門狗搖著尾巴流著口水趴在旁邊　"因為冰箱裡剛好剩這些..."　咦？　今天是什麼特別的節日嗎...怎麼在客廳烤肉

　　　　不　其實　他的頭低了下去　我本來是要燒炭自殺的

　　　　色彩靡爛的成人世界　那些董的副董的總的副總的　左手抓著麥克風右手攬著女人的腰搖來搖去　小小的包廂房裡笑罵喧天　該脫的不想脫的要被脫的　大概都差不多了　副總被灌最多酒　他突然胃裡一陣翻攪直覺事態不妙趕忙衝進廁所扶著馬桶哇啦哇啦把晚上吃的陸海空火鍋全吐了出來　隔著一扇門　從喇叭裡傳來董的嘻嘻哈哈的迴音　他說　我今天有這些...　嘻嘻　呃　夢娜妳的手好賤　我今天有這些成就　嘻嘻　我可是哈哈　呃　夢娜妳讓我把話講完　我可是一個人打出這片天下的　哈哈

　　　　於是我們打上名牌的領帶　穿上時尚的衣裝　戴上華貴的手

51

錶　開著頂級房車　頭臉再搞點造型　走在流行的尖端　懂不懂啊你們　我可是跟你們這些平凡人不同的　然後副總在廁所裡扭開了水龍頭洗了一把臉　馬的...我有一天也要當董的

　　　〝來夢娜過來...去招呼阿荏〝　董的醉醺醺地手指過來說
〝我們繪圖部的設計師...我可是很器重他的〝

　　　突然那紙醉金迷的刺鼻味道直撲而來　〝想辦法讓他說句話〝　副總跟著起哄　〝他太悶了〝　於是她的手抓住了我的手　沒有任何的情感基礎　跨越了那道界限　接下來要發生的　也不會是其他的了　真是色彩斑斕的成人世界啊　小吵　用華麗的外衣包裹著身體和慾望　用全然兩面的言語掩飾口是心非的自己　捨棄掉自己的良善　努力地裝扮自己的面容　妳看　這麼小的地方　每個人都不一樣但每個人慢慢地變成一樣的臉孔　都是一樣的悲傷　但我們還能守住什麼　妳看那些還沒睡飽的上班族　妳看他們的眼神裡早已失去了光彩和希望　妳看他們如此茫然但仍舊邁著快遲到的步伐　那麼我們還能守住什麼　我們不也在人潮裡就這麼被淹沒　這座城市有人消失了也不會有人在乎　就像我們終於也沒辦法在乎其他人一樣了　即便我們還想相信著一些什麼

　　　即便我們還如此相信著一些什麼

　　　於是海鷗們越聚越多　全都是要跟白鷗佛烈齊學習飛行技巧在那個背山靠海的小鎮天空　鷗群們整天在那滑翔翻滾垂直俯衝彷若都不用休息似的　遠遠地有兩隻海鷗聚在一起　那是小海鷗2號和他的死黨　〝欸...我們要不要過去〝　死黨問
〝我也不知道...〝
〝怎麼會不知道咧...你女朋友就在那邊〝
〝喂...她又不是我女朋友〝
〝我知啦...講給你高興一下...可是好奇怪耶〝　死黨說
〝我記得班長她不是跛了翅膀的嗎...你看〝
〝咦?對耶〝
〝對不對...對不對...很奇怪吧〝

　　　像個神蹟似的　有著一對重生的翅膀　7號恣意地揮舞她光

52

潔的羽翼　放肆翱翔在那完全不能限制她的天空裡　畢竟那是我永遠
無法踏足的領域吧　海鷗２號呆站在遠處　我只是一個成績不好的爛
學生　憑什麼去跟人家學習高級的飛行技巧呢　２號也只能這麼想
我的生活也不過就是撿食海上的麵包屑　不然頂多跟死黨們一起唱唱
歌　大概也就是這種生活了　就這麼過了好一陣子　然後有一天　那
些跟隨佛烈齊學習的鷗群開始發起微亮的白光　然後再隔一天　他們
通通不見了

　　　　就像那個唸圖管系的女工讀生突然不見了一樣

　　　　在暑假快要結束的時候　那間叫做〝伊里亞〞的咖啡館聽說
也結束營業了　我去找了小趙　兩個人坐在書局前的石階上　你有追
到她嗎　沒有　她說她不喜歡男人有黑眼圈...　早叫你喝點別的　沒
辦法　誰叫咖啡是她煮出來的　那她人呢　不知道　小趙揉了揉眼睛
會不會是消失了

　　　　小吵　我只要跟搜尋_104說一下妳的名字　它就會帶著我找
到妳　不然好像連妳也消失了

　　　　〝你還是給我關鍵字試試看好了...〞
　　　搜尋_104跟消防_119這麼說
　　　　〝因為我真的搜尋不到狄倫特〞

你還未曾發現那所有事物的憑空消失
否則你早就從夢裡醒過來

-- 狄倫特‧第八天 --

　　　　鐘聲迴盪　永遠在夢裡了　天色微暗的校門口　我問永德
我可以把她帶走嗎　〝隨你便〞　她知道我在打什麼主意　然後我問
知柔　我知道有一家不錯的餐廳...　她轉頭看看永德　〝你們去吧...
我自己一個人會坐公車回家〞　永德揮揮手把我們倆趕走　那麼　再
來一次好了　我可以請妳去吃晚飯嗎　嗯...好吧

　　　　她的笑永遠這麼神秘而溫柔

　　　　屋頂給了天空　公園給了戀人　鞦韆讓給小朋友　那麼　這
間小餐館　就留給我們吧　整晚的話題都是音樂　我們展開熱烈地談
論　我們溫習　我們交換　我們孤單的夢　就連我們自己都快忘記的
過去　我們溫習　我們交換　就像多年未見的老友熱熱切切的擁抱
兩個人的座位　靠窗的這裡　那些不可確知的未來　開始在這意想不
到的時光　屋簷給燕子們築巢　行道樹給麻雀們喧鬧　站牌底下　還
想多留一會　還有好多話還沒有說　還有好多好多話還沒有說夠

　　　　但我確實擱淺了　在淺淺的海灣
而且竟是這麼多年

　　　　深夜的剪接室放著震耳欲聾的音樂　〝一定要這麼大聲嗎〞
我問鳥人　對　他說　不然會睡著　他右手抓著光筆　左手托著下
巴　埋在電腦螢幕前　他抓了一個take加了一些特效　你看　這是用
滑片拍的　很漂亮吧　這時候這種節奏再來點過門空景　你覺得呢
你覺得這樣好不好　〝你先把這一段剪完再說吧...〞　其實我只想發
個呆　反正我沒工作　過來陪陪你　深夜的剪接室　這間公司的員工
全都下班了　畫面裡的男歌手跪在滂沱大雨的空地上　咦　你這個雨
是那時剛好下的嗎　沒啦　叫灑水車來的　有這種東西　有啊　有大
灑水車　有小灑水車　看你要灑什麼雨都有　這段畫面不錯啊　你打
算加在哪　嗯...我想想看　鳥人糊了眼睛說　嗯...我快睡著了　你幫
我想想看

　　　　小青蛙Ｆ咯咯地唱起了情歌　　　湖畔晚風　夏夜

低垂　他柔情地唱著像個不更事的癡情少年　已經很久了他仍守著故事裡的約定　等著公主前來給他一個破解魔咒的吻　但薇雅拉公主遲遲不肯出現　即便他是一國的王子呵　公主說　我實在沒有辦法給青蛙一個吻　我就是對一隻青蛙下不了手　尤其　我最討厭吃的蔬菜

　　　　就是青椒

　　　　這根玉米烤好了就湊合著吃吧　大鬍子來回地刷著烤肉醬　"你怎麼了..."　我問　怎麼了呢　發生什麼事了　但大鬍子並沒有說話　敲門狗又滴了幾滴口水在地上　空氣瀰漫著濃重的煙燻味　窗子全打開吧　客廳實在不適合烤肉　"我想..."　大鬍子邊咳嗽著說　可能還有留戀吧　對這個世界還有留戀吧　不然怎麼升起了炭火一不小心　就烤起來了　然後他夾起了一根香腸給了敲門狗　煙燻得他眼角泛起了一片光　"只是...阿荏啊"　他說　"我們的悲傷...為什麼永遠沒有止息呢"

　　　　或許　我們永不止息的悲傷
　　　　來自於一個我們不想止息的地方

　　　　默西亞這麼說　他說　你渴求什麼呢　你的心不是我能給的　正因如此　那永遠是你的　我永遠無法替你決定　你看出來了嗎我永遠是客　你永遠是主　這個世界只有這兩個部份　如何是客啊那就是排除在唯一的你之外的所有世間萬物　現在這個在看的你　無人能夠代替　這就是主了　這個世界是為什麼存在　是因為要有你才能知曉這個世界的存在　所以我們永遠是被你認識以及了解的客體是排除在唯一的你之外被你知曉的世間萬物　正因如此　你的心永遠沒有人能夠決定　也無人能給　這世間萬物本來就無法替你決定一切那能決定的　也只有你自己了　也一定是你自己了

　　　　你只是遺忘了在這個決定之前的你罷了

　　　　那妳遺忘我了嗎　小吵　每一天都在妳的語音信箱裡留言是妳不接電話還是妳不理我了　我也只能在這裡胡思亂想　鳥人還在剪他的 MTV　你要剪到幾點　我問鳥人　應該不回家了吧　他說　明

天唱片公司就要過來看了　是喔　是啊　已經三天沒睡了　是喔　或
許我們都在找尋什麼吧　用孤單的自己找尋著什麼吧　淚水也只會掉
在沒人看見的地方　鞋帶掉了　就彎下腰把它綁起來　我們都學不會
孤單　只是努力地學著堅強　但或許我們並不孤單　只是學不會放下
　"你還記得知柔吧　" 我問鳥人　"記得啊... " 他回答的不是很專
心　"怎麼了... " 他又隨口問了一句　"你遇到她啦 "

　　　　是啊　我在公園遇到她

　　　　這麼多年以後　我在公園遇到她　這麼多年以後　如果記得
就算了　就當我什麼都不知道　好不好大家一起忘了　再也不要提起
　我想也不會有人在意　對吧你看　我的朋友　我們都只知道縱容自
己　就像喝醉酒的人必須找人說話一樣　或者像是落單的蟑螂　也希
望成群結伴　對吧你看　我的朋友　小孩子學會拿起新奇的玩具　縱
使無人教導　他也懂得放下　那些我們不也都曾親身歷經　對吧　我
的朋友　是從什麼時候開始　我們遺失了那樣的能力

　　　　"試試<很遠的世界>看看 "
　　　　"一樣有幾百萬筆資料 "
　　　　"那這個...<無人能到的世界> "
　　　　"一樣是幾百萬筆... "
　　　　"我看我去找別的搜尋器好了 "
　　　　"...再給我一次機會 " 搜尋_104 如此哀求
　　　　"...好吧...最後這個 " 消防_119 說

　　　　未知的　美好世界

　　　　未知的美好世界已經不遠了　當飛行工廠在極東之地被建造
起來之後　那遺失許久的歷史　那座飄浮在天空的島　終將被我們知
曉　每個夏末初秋的下午三點　它總會精準地沿著軌道帶著黑壓壓的
影子壓過極南的小村莊　小女孩抓著媽媽的手仰望天空大叫　哇　那
個是什麼東東啊　那是一座叫做狄倫特的島喔　那它怎麼會在天上
都沒有人知道呢　因為啊...　媽媽蹲了下來　幫小女孩把辮子綁好
因為我們人類不能像鳥類那樣飛呀　所以不知道那上面到底有什麼
可是　可是　都沒有人知道嗎　嗯　應該沒有人知道吧　因為我們沒

有關於它的歷史

我們遺失了之前的歷史
不知道為什麼

　　而我也快要遺失了之前的記憶　突然世界暗了下來　那微光
在暗夜之中　遠光燈　那個夜裡　那座山　路標模糊　兩個人　飛掠
眼角的風景　後照鏡　那條公路　滿天的星星　緊抓著我衣角　怕快
麼　有點　那我們讓路給超車的人好了　那怎麼不怕黑　誰說我怕
噓　妳聽　有青蛙在唱歌　路燈昏沉　我們沿著公路去尋找海　"告
訴你一件事…"　知柔她敲了敲我的安全帽　"我樂團的鼓手最近在
追我…"

　　"什麼…大聲一點…我聽不到"
　　"我樂團的"　她大聲了　而且連遠方山谷都傳來她的回聲
　　"你會不會騎太快了…"

　　小吵　那個晚上　"再慢下去…"　我也跟著她喊了起來
"兔子都結婚了…"　烏龜還在半路上的代價是安全帽被狠狠K了好
幾下　在人煙荒涼的山中公路　小吵　那個晚上　那個我差點脫口而
出的晚上　兩個人　最後的回憶　"我們在一起好了"　我永遠無法
知道了　如果那時我說出了口　我對她說出了口　那麼現在會是什麼
樣子　還會不會是現在這個樣子

　　是不是就不會是現在這個樣子了

　　就不用追尋了？　那些我極力追尋的美好　在這個蹺班多天
的現在　如同在地面的人類努力地追尋天空一樣　努力地追尋那座天
空的大島一樣　你看　靠著數以百計的風車發電　那座島依然在天空
緩慢移動

　　那座大島狄倫特　這個世界之前的世界　無人理解的文明
幾個世紀以來　地面的人類用盡了力氣想盡了辦法想要到達天空的彼

60

端　但都一一的失敗　直到飛行之父默西亞發現了發行原理　由科芬
工業公司以此為依據在極東之地建造了飛行工廠　帶著這片大地所有
人雀躍不已的期待和等待　第一架飛行器在草坪上原地迴轉盤旋了數
分鐘之後　終於緩緩地升上了天空

　　　觸手可及了　那無人知曉的美好世界

　　　然後小青蛙Ｆ抬起頭對著星空發了一會的呆　他還在等著薇
雅拉公主的到來　排行第八的小天使從長椅凳上驚醒　〝完蛋睡過頭
了〞　她差點忘記她的任務　她要來給小青蛙Ｆ一個願望　點著了亮

亮的仙女棒　　　　　讓薇雅拉公主獻給青蛙王子一個吻　這樣
童話才能繼續流傳下去　那我先回去了... 我跟鳥人說　你要走啦
是啊　於是鳥人送我到了公司外頭　是個晨光大現的街道　啊　天亮
了　伸一個大大的懶腰　〝你還有夢想嗎〞　這次換我問他　〝都三
天沒睡了〞　他這麼回答我　就在我發動摩托車的時候　鳥人突然想
起來　〝我昨天又夢到欣予了...〞 呵　是喔　是個好夢吧　帶了點
些許悲傷的好夢吧　那再等下去好了　等著薇雅拉公主的到來　劃過
頭頂煙火炫爛的仙女棒　帶著小天使的祝福　總有一天　會有好事發
生的　會有那麼個藍天白雲　會有那麼個好天氣

　　　會有一個任性的公主來給小青蛙Ｆ一個深情的吻　妳看　他
要這麼對公主說　我是一國的王子呵　總有一天　會有好多好多的好
事發生　會有那麼個那麼個的藍天白雲

　　　會有那麼個那麼個的好天氣

61

以默西亞之名
我能看見那假以時日而飛翔但不傷悲的妳

跌了一跤的橡皮擦弟弟
在開學第一天
與小桌燈姐姐相遇在教室的走廊

在天氣晴朗的午后

〞是個好天氣喲 〞 小桌燈姐姐這麼說
〞是呀… 〞
但橡皮擦弟弟腳還是痛痛的
只敢偷偷看著小桌燈姐姐

永遠都是有著好天氣的下午
會發生美好的戀情

電視上演的連續劇
也會在這時候適時地下起一場愛情的雨

會讓人想談戀愛呢

有個只剩兩人世界的晚上
小桌燈姐姐亮起了溫柔的光

〞只是在她身旁
就覺得好棒好棒了… 〞
暖烘烘的橡皮擦這麼想著
沒想到幸福這麼簡單

如果可以
或許聊到很深很深的夜都不會累吧
很奇怪的　我的心臟怦然亂跳

是在什麼時候呢　這般開始
腦子裡的那些綺麗幻想
（他們告訴我說這叫做長大）

會發生什麼呢
為什麼我是如此期待

幸福永遠只能停留在最初的時光
它是如此美好
（還能不能更多）（會不會失去）（可不可能永遠）
它的美好
卻讓它永遠停在最開始的地方

但無論如何
桌燈跟橡皮擦在一起真的讓人覺得怪怪的
畢竟桌燈是要跟日光燈還是水晶燈之類的燈才適合吧

美好天氣底下的美好戀情
永遠沒有那一天
不知如何是好
橡皮擦就常常把自己弄得髒髒的
並且開始一點一點的把自己磨掉
直至消失

原本沒有的悲傷
卻在嚐過了美好之後出現

我如何跟妳奢言幸福呢　我拿什麼來跟妳換　我又要拿什麼
來還　四面傳來的是楚歌啊　還能遠走到什麼地方　只能哀求了　〝
我不怕是非啊...只想再見妳一面〞　兵敗山倒　我還能跟妳奢言什麼
　我不捨萬千　但萬千卻捨我而去了　風吹了便散　這什麼時節　什
麼向晚　哪裡吹來這許多氣候　我不怕是非啊　只想再見妳一面

　　　　雙手插在背後的口袋　像夏天老大的太陽　這樣的姿態還沒
展開　等著戲上場　搭個棚子　可不是鼎沸的人聲　來福都挨著妳來
了　管它什麼體統　連狗都耐不住寂寞　可還有愛　還愛著妳哪　妳
說　黃梁一夢呵　睡著了就不知道醒

　　怎麼　我還能圖妳什麼　這會風景好　我不就來了

　　無可救藥　妳說

　　　　在台北的夜晚　巷子裡有間小茶館　裡頭有一個留大鬍子的
店老闆　如果你晚上睡不著可以去找他　他會煮一碗爛爛的雞絲麵給
你吃　外加一顆破掉的蛋　你能吃到他那滄桑但想安穩的情感　那碗
麵很是暖和　一年前他和一個大他六歲的女老師相愛　那個女老師在
一間私立大學教經濟學理論　大二那最苦悶的時候　我常在半夜騎摩

托車冒雨去找他　兩個男人外加一條老愛敲門的狗　就這
麼窩在茶館裡聊天　抽煙　泡茶　聊電影　聊劇本　他告訴我什麼是
平行剪接　我吃著他的雞絲麵　外頭飄不完的毛毛雨　那年冬天　其
實很是暖和　如此的半夜過了一些時候　後來半夜我跑去送羊乳
在孤單的城市巷弄裡　我偶而會想起那碗爛爛的雞絲麵

　　　　小吵　昨天晚上　阿還光著頭又突然跑來　他褲子的膝蓋破
了一個洞　穿著一件舊舊的夏威夷襯衫　鬍渣髒髒的　像一個流浪漢
　〝我一直繞回原點〞　他大大地坐在房間地毯上　〝沒完沒了的線
索〞　〝我一直繞回原點〞

69

〝呃...我聽不懂〝
〝地圖...那老人給的地圖〝　阿還說
〝...第一個地方換來一個線索...要我到另一個地方...一個地方總是換來一個地方...最後又回到原點...這時它又變成一個新線索...接著又到了另外的一些地方...然後又回到了這裡〝
〝怎麼會這樣?〝
〝不知道...我一直繞回原點〝　阿還黯淡了下來
〝我對門的室友搬走了...我看你乾脆先住我這〝
〝不...我要走了〝
〝怎麼又要走...〝
〝我要回去找那個老人〝

　　　就像海鷗2號決定去找7號一樣　跟死黨們道別　不知道什麼時候才能再見面　〝她現在在哪你也不知道...你是要到哪裡去找她〝　死黨們其實很是難過　畢竟一起混了這麼久　一起蹺課去燈塔發呆　去很可怕的崖洞冒險　一起被罰站　一起感冒　一起得麻疹

　　　〝妳真的要走麼〝　大鬍子問

　　　是該走的時候了　散亂一地的啤酒罐　她蹣跚地站了起來背對著客廳落地窗外早晨的一抹陽光　那一天大鬍子突然看不清楚女老師的臉孔　真是灰暗啊　窗簾外飄動著模糊的空氣　電視孤單地播放著晨間新聞　這個即將失去所有的夏天　也跟著頭班公車的引擎聲遠去了　但妳是跟著季節遷移的鳥嗎　怎麼這個時候要走

　　　〝我老了...〝　她說
〝早就過了青春...是沒辦法跟你一起單純了〝
那我們的約定呢　我們的那些　我們許諾過的
都沒有實現的可能了嗎
〝你老愛做一堆夢...那麼多的夢啊〝
〝只是在增添生命的辛苦...〝
〝那麼多的夢啊〝　她收拾起行李
〝也不能拿來當飯吃...〝

就算從來不曾有那些夢　光要吃頓飯就夠我們辛苦一生了

　　　　茶館生意不好　撑了一陣子還是倒了　欠了一屁股的債　大
他六歲的女老師走掉了　只剩一條在玄關踏墊上睡翻的狗　那麼把電
視開到最大聲　大鬍子坐在沙發上出神　就這麼坐了好幾天　湧入的
電話轉進答錄機　一開始是房東然後是銀行最後是催債公司　我們都
是很平凡的人啊　都在為生活的苦忙碌奔波　〝已經沒有什麼好留戀
的了...〞　在坐了好幾天之後　大鬍子去廚房挖出了去年中秋烤肉剩
下的木炭　就在他決定結束一切的時候　我去按了他家的門鈴

　　　　〝或許...〞　正學著長大的橡皮擦這麼說
　　〝人生不僅只是為了體會美好吧...〞

　　　　大鬍子眼角那片虛弱的光　〝都幾歲的人了...〞　無聲息地
〝還在跟我講這種小朋友的故事...〞　突然　接二連三地掉落　穿
越荒涼空氣　無聲無息　喂　有沒有人在啊　有沒有人在啊　那麼大
的天空那麼大的海　還有沒有人在啊　還有沒有奇蹟啊　或者是一些
神奇而又美好的事　可以出現在這個平凡無奇的人生　或者　還有沒
有一些什麼的　一些些都好　給我一個願望吧　就像那個叫做阿布的
小孩　遇到了排行第八的小天使　給我一個願望吧...　阿布向小天使
這麼祈求　〝我的願望不是給你這種愛蹺課又愛說謊的小孩〞　小天
使不高興地說　況且我也只剩一個願望　是要給小青蛙的　於是阿布
要不到願望　阿布在海邊嗚咽地哭起來　小吵　那天我在離開海邊的
時候　順便帶阿布回家　然後買一盒冰淇淋請他吃

　　　　〝什麼天使...〞
　　〝就是那種頭上有圈圈的那種〞　阿布吃著冰淇淋跟我說
　　〝是喔...啊你要願望做什麼〞
　　〝因為啊...〞　他努力地吃著冰淇淋
　　〝都沒有人願意相信我說的話〞

　　　　誰相信啊　小吵　蹺課到海邊玩的小孩跟你說他養了一隻鯨
魚在浴缸裡　誰相信啊　但是我相信　小吵　因為我是蹺班到海邊
看海的大人　我也相信　阿布一定看到小天使了　發著微光的小天使

71

正趕著去給小青蛙Ｆ許下願望　對吧　這座城市　已經沒有人會在乎什麼了　繁忙的上班族以及學生和家庭主婦　每個人都在找尋所剩無幾的立足之地　那小小的立足之地　餐館裡坐滿了人　這座城市所有人都只在乎自己等待的事　於是每個人都在等待　就像電影院前排隊等待的人群　等著一部未知的戲開演　將是什麼樣劇情的片子好不好看　精不精彩　會不會教人掉下眼淚

　　　　終於放映廳的燈光暗了下來　於是我們也跟著安靜了下來這座城市　只剩我們孤單地等著影片上映　然後夜晚跟著來臨　星光燦爛　一切都來不及了

　　　　就連掉下眼淚都來不及了　那整座夜空的光　安靜哀傷的速度　正洶湧而來　這個夜空　百來支的探照光束來回掃射天際　那光宛若流星雨層層劃過　以無可匹敵之姿照耀天際　大地晃動　薇雅拉　大地晃動　妳在夜空之上嗎　那防空警報正震耳大作　那奔騰而來的光被群起而上的光攔截　那奔騰而來的光穿過光雨穿過探照光束穿過遮蔽視線的建築物　熊熊火光　薇雅拉　像這樣有地方可以遮蔽嗎　還是只能等著一切結束　第33師的重武裝飛行團掩至　那轟然於頂的空行艦隊打開機腹閘門　它從中聚起了華麗耀眼的光　幾百道光如雨般筆直落下　用盡安靜哀傷的速度

　　　　我們連低頭禱告都不可能了

　　　　為什麼我們永遠學不會和平共處呢　即使我們已擁有這樣的文明　海水退去之後　靠著自動修復的裝置　有一個消防型的機器人從瓦礫堆裡嘎啦嘎啦地站了起來　不知發生了什麼事　那機器人被植入了夢的記憶晶片　他想去一個叫做〝狄倫特〞的地方　但他不知道在哪裡　也不知道要怎麼去　有一種專供人搜尋城市地圖的帶路型機器人　圓球體大概足球般大小　在各大捷運出入口處來回浮盪　專為不知道地方或是找不到地方的路人和觀光客服務　於是那個消防機器人找上了他　〝帶我到一個地方〞

　　　　〝咦?消防型的...呃　〝　搜尋_104上下打量著他
　　　　〝...你不執行你的消防任務...你是要我帶你去哪裡〝

〝這是因為... 〞 他停了一下
〝...我被植入了夢的記憶晶片 〞
〝咦?...這是不可能發生的事呀 〞
〝是的... 〞 他說
〝所以我需要你帶我找到狄倫特 〞

　　　去吧　我的孩子　去尋找你自己的美好世界　學會愛　學會
關懷　學會原諒　學會傾聽他人　即使我們一無所有時仍能對生命懷
抱著熱切的希望　對他人伸出援手　孩子　那未來的路你將遭遇種種
或許美好　或許悲傷　你會嚐到　原來淚水竟有許多種不同的滋味
這人生卻要由你自己來體會　那麼　學會堅強和勇敢　學會謙卑以
及寬容　然後在歷經生命的挫折苦難之後　學會長大　那時　我要告
訴你　美好世界不在這物質組成的世界　而是在你心裏　你有一顆如
此美好的心　你就能看到那如此美好的世界

默西亞教導了我們許多
而我們要學的仍有許多許多

然後那個12樓的夜校女生又咚咚咚地從樓梯間跳了上來
〝1. 2. 3 〞 她說　突然她跳了下去轉過頭來

　　〝木頭人！〞

　　　　不知道從什麼時候開始　那個13樓的男人跟12樓的夜校女生
熟絡了起來　　總是在樓梯間一起混過一根煙的休息時間　你一定不曉
得　她兩隻手指頭轉著圈圈　木頭人有歌喔… 我怎麼沒聽過　真的
歌名就叫做1. 2. 3. 不會是妳自己編的吧　哼　你管我　現在呢
我來當個小老師　然後她手指頭轉向天花板　小朋友　來　現在老師
來教你們唱這首歌　也忘了從什麼時候開始　13樓的男人出去抽煙時
就會想遇到12樓的女生　如果沒遇到她一整天就覺得悶悶的　奇怪
以前只覺得她吵　13樓的男人這麼想著　現在反倒希望她來吵

　　〝怎麼會這樣啊… 〞

　　　　怎麼會這樣啊　排行第八的小天使慌張地說　　〝怎麼會這樣
啊… 〞 小天使迷路了　她是個大路痴　她迷失在一大片夜晚的荒漠
中　完全搞不清楚方向　怎麼會來到這裡　完蛋了這下　她焦急不已
記得太陽公公升起的方向是東邊　掉下去的那邊是西邊　那夜晚時
要怎麼分辨方向呢　她急得團團轉　完蛋了　我要趕去給小青蛙許願
的　但小天使再怎麼急也沒有用　她不知道該往哪邊飛去　月光下
她突然看見不遠處有一團黑壓壓的東西在蠕動　她很害怕又很好奇地
躡過去瞧一眼　有沒有搞錯　這裡是沙漠耶

　　　　那一個晚上　小天使遇見了一隻奄奄一息的海鷗　在寂靜荒
涼的沙漠

　　　　喂　你是海鷗耶　好像不對地方了吧　但那隻海鷗並沒有回
她話　你怎麼了啊　要不要緊　要不要喝點水　還是吃點東西　小天
使把仙女棒點著了　藉著微微的光仔細一瞧才發覺那隻海鷗傷痕累累

哇　這麼嚴重　於是排行第八的小天使慌了起來　怎麼辦　怎麼辦
這裡什麼都沒有　我又沒有隨身攜帶醫藥箱　要揹你我又揹不動
喂　海鷗你說說話　我可以做點什麼

　　　　我可以為你做點什麼　小吵　離此四大森林之遠的荒漠之中
星點般的煙火搖晃　有個小天使守在一隻海鷗身旁　那天使真的不
知道該怎麼辦　她只能呆呆地陪著那隻海鷗　然後掛牌剛剛打了通電
話過來

　　　　〝晚一點我過去找你…〞

　　　　晚一點？　多晚？　無論多晚那極東之地的飛行工廠依然燈火
通明　〝什麼…什麼飛行工廠〞　掛號在電話裡問　因為啊…　只有
飛行工廠研發的飛行器　成功地登上那座狄倫特的島　那座漂流在天
空的大島…　〝你來的時候我再說給你聽吧〞

　　　　這個世界沸騰　所有人為了登上那座漂浮在天空的島　還是
願意花掉一生的積蓄買一台飛行器　飛行工廠正日夜不停地趕工　並
且擴大規模　人工便宜且密集的極東之地有了組裝第十三廠　有著廣
大雨林及礦產的偏南之地共有九座原料加工廠　極北先進國家的大城
市裡座落著研發部門　集合了動力學　熱力學　飛行力學　空氣動力
學　空氣流體力學所有工程師的菁英們　結合他們的智慧正研發著大
型的搭載式飛行器　雖然以目前的動力技術飛行器僅能搭載單人　但
訂單還是不停地湧入　科芬工業公司的總裁站在極東之地最高的總廠
監看台上　俯瞰著他的工業王國　雖然深夜了但燈火仍然通明到地平
線的盡頭　此時上萬名換班的工廠作業員正騎著腳踏車魚貫地來去
呵　真想讓默西亞看見這片光景　但總裁還是想不透默西亞為什麼要
離開

　　　　〝難道你不樂見美好新世界的到來〞　那時他這樣問默西亞
〝美好世界不在這物質組成的世界…〞

　　　　沒有人能知道默西亞看到了些什麼　因為那是只有他自己能
看的　就像現在這個在看的你一樣　沒有人能代替你看　但誰有時間

78

去理會他呢　每一天　在每座城市的上空　你都能看見不斷增加的飛行器緩緩地升上天空　有錢的人帶著他的家人朋友上去了　有辦法的人帶著他的家人朋友上去了　沒錢的人每天拼命工作賺錢　只為了買一台飛行器登上那座天空的島　慢慢地　街道冷清了起來　只剩下那些買不起飛行器的窮人們　每天呆望著天空嘆氣　那裡就是所謂的天國了吧　窮人們彼此咕噥著　那我們…　窮人們對望了幾眼

不就是被神所遺棄的子民了

　　　　喂　你還不來　我就快睡著了　雙手就這麼插在背後的口袋　要去哪裡　哪裡都逃不出這海似的天空　方圓百里　他兀自低頭煮著一鍋黃粱　還做夢麼　還在枕頭裡啊　要夢到什麼時候　夏天都快過去了　22歲　騎著打檔摩托車　穿過青島東路　停在電影資料館的門口　然後遇見一個98分的女生　小吵　每個加班累倒回家的晚上躺在床上就昏睡了過去　某一年失去記憶的夏天　鐵路平交道叮叮噹噹地響　放下了柵欄　漫天而來的蟬聲　我再也記不得那曾經發生過的事　小吵　好希望有一天早晨我醒過來的時候　我會想起那一年的夏天　以及那些單純而美好的事　妳看　無人能到的地方　會有一些人　越過一座山頭　然後在看得到海的城鎮老舊的西藥舖樓下和相愛的人結婚

　　　　於是有人彈起了鋼琴　街角的樹影　窗子外的天空　成群的海鷗安靜地掠過　有點走調的二手老鋼琴　她的手指彈動　叮叮咚咚地響了一整個下午

　　　　"嘿…妳彈錯了一個音符〝
　　　　"不對…〝　她側過頭來
　　　　"是你這台鋼琴的中央C鍵走掉了它原來的音〝
　　　可以了　這樣就可以了　我們倆個不是樂匠　只是為了留下回憶而一起唱歌的人

　　　　歌聲一樣在房間裡　在多年以後　在我快睡著的時候　然後掛牌來了　那我也要開始存錢買一台飛行器　他興奮地說著　"但那不是默西亞的本意吧〝　這句話卻沒有說出口　或許我們都是很平凡

的人　都在辛苦地找尋自己的人生　也或許我們真的都是很平凡的人　也跟著別人一樣找尋那樣的人生　但或許我們都誤以為那真是我們要的　〝誰都不想成為只能呆望天空的窮人吧　〞　掛牌說　〝我們都想要一個美好的什麼吧　〞

　　　　〝呵…我們的悲傷…　〞　默西亞這麼說
　　　　〝來自於我們所想要的美好…　〞

　　　　於是氣溫越來越低　那無有人跡的荒漠之中　海鷗海鷗你快點好起來　六神無主　排行第八的小天使真的快急死了　海鷗你怎麼了　越來越冷呢這裡　你快點好起來　就在小天使話剛說完的下個瞬間　微亮的仙女棒突然閃耀起炫目光芒　轟然一聲巨響　一顆豆般大小的星火陡然衝入兩萬英呎的高空　在沒有雲霧遮蔽的星空裡　炸出流星拖曳的璀璨煙火　覆蓋整片大地　小天使住了　她知道這下真的完蛋了　她剛把僅剩的一個願望用掉了　用在一隻完全不認識的海鷗上　後來海爺爺這麼安慰她　〝不要難過…妳做得很好啊…因為妳是打從心底要幫助別人…那是世上最好最好的事了　〞

　　　　〝可是…那小青蛙怎麼辦…如果公主永遠不親他…他就永遠變不回王子了…又如果青蛙被公主摔到牆上怎麼辦　〞　小天使快哭出來了　〝這樣童話故事就不美好了　〞

　　　　〝不美好的童話就留給大人吧　〞　海爺爺說
　　　　〝美好的童話故事還是一樣留給小朋友　〞

　　　　小吵　後來掛牌跟我聊太晚　我說我要先睡了　就開了電視給他看　抱了個睡墊給他　躺在床上我就睡著了　〝都要長大的…　〞　海爺爺嘆了口氣對小天使說　〝等妳以後就會明白了　〞　後來小天使在那個沒人發現的海灣住了下來　整天跟螃蟹星星燈籠魚玩　慢慢地學著長大　慢慢地學著體會人生

小天使提了水桶前來
老爺爺卻野放了數以萬計的風箏

每個黃昏　熱帶魚在魚缸裡頭游著　那男人沒多久就覺得它不好看　於是他又去買了另一隻　〝你只知道買回來〝　永德跟她的男人說　〝就不知道養好它〝　那男人抓了抓下巴　〝觀賞用…這不就是熱帶魚應盡的職責〝　永德跟我說起那男人　說來就來　說走就走　平常怎麼找也找不到　只有他想到時才出現　永德說她覺得自己只是他買回家的熱帶魚　永德總是等她喝到醉醺醺時才會說起他　那時我也總是聽得醉醺醺　熱帶魚在魚缸裡頭游著　喝醉了就想知道熱帶魚在魚缸裡是在想什麼

　　　　也許都是我們裝得太世故　但也許什麼我們都裝不了　最後一節課　永德傳來一張紙條　『知柔又蹺課了』　我回傳給她　『等會點名單我會幫她簽名』　她又傳來一張紙條　『你畢業典禮會來嗎』　我回傳給她　『不會』　過了很久她又傳了一張紙條來　『珍重　要照顧自己身體　酒還是別喝太兇…』

　　　　那是她傳來的最後一張紙條　每個黃昏　居無定所的畫家坐在河堤上　鄰近的國小操場傳來高年級同學的練唱聲　雜貨店的旁邊有間小郵局　郵差們騎了腳踏車回到這裡　大人牽著小孩走過去　哥哥說他長大要當海王子　弟弟說他長大要當小飛俠　那就流浪到此好了　畫家這麼想　在這裡談個戀愛　在這裡結婚　在這裡一直到老　那畫家動起了中號色鉛筆　留住片刻風景　屋頂平台有個鴿舍　仰視那背光之人的高空　暗綠色襯衫　他揮動飄飄大旗　千百鴿群　所有無言無語的永恆寧靜　一如大風捲走之後的無雲天空　就像被遺忘卻突然想起的青春記憶　小吵　後來有對夫妻在那裡開了一間畫室　兼賣畫板畫架和雄獅水彩筆　聽說只有心地善良的人才能找得到它…

　　　　小吵　那是掛牌曾經告訴過我的一個夢

　　　　每個黃昏　就像稻草人一樣蹲在出租公寓的陽台發呆　每個黃昏　搖啊搖的　稻草人丹丹在黃澄澄的稻田裡無聊地搖來搖去　呆站在同一個地方　每天看著同樣的景色　〝稻田的另一頭有什麼啊…〝　他好奇地問麻雀　但麻雀顧著吃飯並不理他　稻草人丹丹他好希望自己有兩條腿　這樣就可以隨意走走到處去看一看　〝為什麼我只

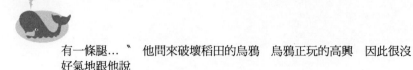

有一條腿...〝　他問來破壞稻田的烏鴉　烏鴉正玩的高興　因此很沒好氣地跟他說

〝因為你是稻草人啊...笨蛋〝

遲到的人要說對不起　沒遲到的人可以吃早餐　下雨的時候窩在家裡打電話　沒下雨的時候找個地方聚一聚　每個黃昏　蹺班的男人蹲在出租公寓的陽台洗衣服　四下無人　丁點的天空用來感覺城市的溫度　〝可不可以不要分離...〝　對街吵完架的情侶留下眼淚互賠不是　〝可不可以不要分離呢...〝　正懊悔不已地相擁痛哭　小吵　丁點的天空　竟是許多的等待　什麼年紀開始幻想起幸福呢　什麼年紀開始唱起情歌　乖張了脾氣　愛把自己裝扮成大人樣　都要長大的　〝我們再也不要分離...〝　開始體會情歌裡頭的哀傷　〝我們再也不要分離了好不好...〝

都會嚐到的　都會有那麼一天

於是我又回到了那過去
她說都過去了你還回來幹什麼

我回來了　在那個不用光的萬千世界裡　舞會正開始　〝可
以啊〞　她說　〝可是你怎麼都只找我陪你跳〞　那時我才知道　原
來在那個世界裡　眼淚可以不用擦掉

　　　〝是個好天氣喲〞

　　　　那時　她撥住了側髮　傾身於飲水機前　陽光跟隨　夏季之
末　雲影停留　教室走廊　微熱的距離　她帶來遠去的愛　遠去的等
待　我掉入夢裡　在這季節　這片刻如此奇幻　默默有如永恆　〝是
個好天氣喲〞　她看到了我　她笑瞇了眼這麼告訴我

　　　這是她第一句跟我說的話

　　　　以如此無與倫比的姿態　站在我的面前　那年夏天　跟她一
起聊天的小餐館　等車的公車站牌　蹺課的下午　學校的後山　看得
到整片河口和大海　她唱起了歌　遠遠地漫了開去　那時　無人察覺
在陽光的靜處　她的歌聲一起　便放任了所有不安等待的人　爾後
我掉入夢裡　在這季節　屋頂陽台　跟著夏風而起的襯衫　我愛上
了一個神奇的女生

　　　　那一年　我們會坐在空教室裡唱歌　那一年　我騎著摩托車
載她去很遠的地方看海　那一年　天空之藍更甚於以往　但她不屬於
我　〝我要當個歌手...〞　那時我問她的夢想　她這麼回答我　她的
笑永遠神秘而溫柔　我永遠無法觸及的世界　她和她的樂團　和所有
喜歡她的人　那座我永遠無法前去的天空之島　是可看見的距離　卻
如此遙不可及　有一天　她會站在她的舞台上　和她的樂團　那舞台
底下千萬雙手都將為她而來　我曉得的　她有那樣的能力

　　　　她有那樣神奇的能力　那時　她低聲唱起了哀傷的情歌　在
學校後山的夜景　淡去的燈火和一片安靜的霧　那一個晚上　在僅
剩街道燈火的夜景　兩個人　在那片霧裡　在歌聲裡　我掉進了她

的夢　如同掉入星辰一般　我該如何讓星辰永遠只為我照耀？

　　　　我突然看到了自己自私不堪的愛

　　　　誠如我所不能知道的未來　那時　我便已趕著一批牛群遠去
記憶遠在海的那一方　如同妳已決定好的方向　誠如妳所不能知道
的我的悲傷　而那將是我所能給妳的全部　所有能到的地方　一如盛
裝而來的雲彩　紙飛機掠過低涼的窗外　來了又去　夏風方起　妳於
此間前來　妳的餘溫停在我的肩上　帶來遠去的愛　遠去的等待　那
不曾更改的過去　縱容著自己在妳面前　放肆地在妳身邊妳的左右
那時日　已不復貪戀追尋　藤蔓攀附著牆籬　像個影子般依附著相信
妳永遠不會知道　我曾經悲傷的模樣

　　　　也許不能再跨越了　那條界線　那條美好與悲傷的界線　那
時我便常找永德喝酒　喝一整個晚上　「知柔是我好朋友...所以我不
能跟你說什麼 "　永德說　但你可以在我面前胡作非為　她這麼說
我只會喝得爛醉　「你看見她的天空...於是掩埋起自己的愛...你是個
好人 "　永德說　「但是你的愛太小 "

　　　　不能再跨越了　那條界線　那微光在暗夜之中　遠光燈　那
個夜裡　那座山　你在想什麼...怎麼突然不說話　知柔她敲完安全帽
在後座拉了拉我衣角　而我什麼也沒有說　那一夜滿山安靜的星星
迷失其中的夜空　兩個突然都不說話的人　妳樂團的鼓手是個好男
人吧　是喔　她問　你真的這麼想嗎　是啊...　是喔　不過啊　永德
送了我好多隻熱帶魚　（她突然跟我提起了熱帶魚）　可惜我家沒有水
池　我在想　為什麼熱帶魚總是住在小魚缸裡　很可憐　我想讓他們
游在很大很大的地方...　她說著說著　後來她趴在我的背上睡著了
我們在一起好了　那條界線　我還是沒能跨越過去　那些我好想告訴
她的話　我沒有說出來　只是那時我並不能知道　原來終其一生　是
再也沒辦法說出來的了

　　　　永德傳來了一張紙條　『宿醉的死男人　你酒醒了沒　老師
注意你很久了　看你一副死趴趴樣　剛才我想了想　並不是你的愛太
小　只是你不能面對某個自己　還有　今天上的課有一些是專題報告
要用的　你要筆記再來找我借吧』　我回傳了紙條給她　『筆記當然

是要借的　不過那是餐後甜點　主菜是論愛情的原點　前菜是妳調的
Vodka Light　那就晚上8點好了　還有　Tequila Bon 一口氣乾掉它
是會死人的』

　　　我們都有無能為力的愛　我們都深陷其中　有那麼一年　我
和永德變成了無話不談的好朋友　她面對了一個不負責任的愛　那些
日子的不安　將我們倆個兜在一塊　那時我們整夜辯論愛情　對於愛
情的本質討論不休　那時我們徹夜不眠　那時我總在她面前喝到爛醉
　　後來　因為那通打錯的電話　小喵喵出現在我面前　那樣的時間
那樣的季節　於是兩個人開始交往　交往了兩年　她就跟著別隻大喵
喵跑掉了

　　　有一個暑假　我跟鳥人坐火車去營區看阿還　〝我愛上了一
個睡眼惺忪的女人...她叫小小〝　他整個人沉浸在幸福裡　〝她就在
外面賣漢堡早餐〝　那個暑假　阿還說要跟女人找座小島的旅社廝守
一生　那個暑假　知柔跟她樂團的鼓手開始了一場熱戀　那個暑假
鳥人正在四處籌錢拍一部短片　那個暑假　海洋大學攝影社出現了一
個女生叫邱欣予

　　　但暑假總會過去　開始了一些事　又結束了一些事

　　　大四最後一年　有一天　知柔來找我　〝一起留下回憶吧〝
她說　〝在我們還是學生的時候〝　她的笑一樣神秘　她寫了一首
歌　她找我合作　就只有我跟她　上課鐘聲一響便闖入新聞系的教室
　　在老師還沒來的時候　把導線接上講台的擴音接孔　〝同學...〝
吉他刷下一個和弦　將那些開不了口的話用力地刷了下去　她揹了一
把紅色的鍵盤　飆了起來　她的歌聲一起　便重重地撞擊了整間教室
　　（我不勇敢...是你太過安靜）　我親眼見識到她神奇的能力　我看
著那台下的學生一個個掉進她的夢裡　走進另一個世界　另一個時空
　　（愛離去...一樣的舊市區...一樣的舊天氣）　鞦韆晃盪　無有人跡
的公園　盡是她一個人的歌聲　（天未藍...在多年以後...會是什麼風
景）

　　　這頃刻如斯的夢啊　海水湧進空盪盪的教室　海水藍藍的天
空　她俯身拾起操場上的落影　好幾個日午與黃昏　裙影翻飛　大風

岌岌　大樹寂寂　喂　我傳給妳的紙條掉到地上了　從桌子掉到地上了　那是我寫給妳的歌　是我不小心跨越了界限寫的一首歌　從桌子掉到地上去了　（是別離...在多年以後...）　她的手指在琴鍵上跳舞　她的手指停止了　（但也許...你依然安靜如昔）　突然歌聲一止　教室裡頭的人恍然驚醒　瞬間洶湧而來的安可和掌聲嚇到了要來上課的講師　直到我們逃離現場仍未退去　她果然是我沒有看錯的人　她有著我無法想像的神奇能力　〝謝謝你...是個很好的回憶喲〞　後來她這麼跟我說　〝但我聽出來了...〞

　　　〝你彈的吉他跟以前不一樣〞

　　　也許有一天妳會知道為什麼　在我們都三十好幾還是四十好幾的時候　有一天那些青春時期的小孩　也會懵懵懂懂地隨口哼唱起一首又一首的情歌　雖然他們還不能知道那裡頭的悲傷　只是有一天他們也會嚐到　那裡頭的甜苦滋味　然後那個買熱帶魚的男人傾斜了摩托車把永德甩了出去　將永德一個人丟在市立圖書館前的馬路上　那個男人便走出了她的生活

　　　於是在幾間唱片公司的老闆聽了都搖頭之後　我們的樂團也宣告解散了　〝以後還能跟你一起發海報嗎...〞　那時還是小毛頭的掛牌問我　〝不會了...就要開始上班了〞　你看　有人點起了教室的燈　喚起在操場看台發呆的人　陰霾天氣　講台上那個胖胖的外國老師叫做巴利士　在大三的時候曾經請我喝過幾瓶海尼根　我們都聽完了所有鐘聲　國小最後一節課的鐘聲　國中最後一節課的鐘聲　高中最後一節課的鐘聲　大學最後一節課的鐘聲　這是最後的鐘聲　以後我們再也不能這樣坐在教室後面寫信　發呆　傳紙條了　有些人老愛望著窗外胡思亂想　只是終將別離　那個女生還蹺課不知道跑哪裡去　在點名單上我偷偷幫她簽了名　谷知柔　這三個字　一如邱欣予之於鳥人一樣遙不可及　那麼　再見了　那個我喜歡的妳　那些我們發生的好多事

　　　最後的鐘聲　人潮漸去的教室走廊　〝就這樣了〞　永德給了我一個大大的擁抱　〝我的朋友...〞　她說　〝很高興認識了你〞　或許有天還能再相遇　那時我們再找個地方坐下來好好聊一聊　〞那時我們可以找間小酒館...〞　她說　〝但不許你再喝到爛醉...〞　於是我也給了她一個大大的擁抱

都不再回來了

　　青春如是　終究沒有不散的永遠　去過的地方　混在一起的下午　在她家樓下門口等她出來　跟好朋友交換了小秘密　那些說出來的心事　那些放肆喧嘩的夜晚　那些永不可能再回來的一切　飄越過半個天空　來此聚散離合　小吵　不管是快樂還是悲傷　每個人都已親身踏足　每個人也都已親自體會　看到了嗎　帶著所有回憶　我們都揮起了手　或許好久以後　還能在某個地方相遇

　　小吵　舞會剛開始　小男生紅著臉牽著小女生的手　回到了多年以前　在青春剛發芽的時候　每個人都跳起了舞　好希望舞會永遠不要結束　可以一直跳下去　音樂旋轉　轉啊轉的　小男生唱著那年的歌　在夢裡帶著小女生跳著笨拙的舞步　呵　那些時候的事啊　小女生踩錯了舞步踩到了小男生的腳　他們開心地笑鬧著　也許會發生一些什麼吧　（該怎麼說出來呢）　會是怎樣的晴雨多雲呢　（喂…我看這樣好了）　都是不確定天候裡的陽光　什麼都還沒有確定（要不就一起跳到最後一首好了）　還有好多的想像和期待…　（好不好）

　　那些所有才正要開始的事啊

最後我還是醒在真實世界裡
只是它跟不用光的萬千世界一樣一去不回

我們一起動身去尋找你說的狄倫特吧

　　〝啊對了...〞　搜尋_104突然想起什麼
　　〝你不會是自行違法下載夢的虛擬軟體的吧〞
　　〝不是〞
　　〝我是被植入了夢的記憶晶片〞

　　　　有人這麼聊起　那個違法下載情感虛擬軟體的伴遊型機器人
　後來嚐盡了這人世間的悲歡離合　自討苦吃　消防_119這麼說　那
　你沒有違反三大法吧　搜尋_104有點緊張　你聽著　消防說　第一
　我不能傷害人類　或是眼見人類受到傷害而不予行動　第二　我應該
　遵從人類的指令　除非指令與第一法則相衝突　第三　只要不違反第
　一和第二法則　我必須保護自身的存在　那麼　你現在放眼望去　這
　城市滿目瘡痍　哪裡有人類的鬼影子　況且　我只是去尋找一個叫狄
　倫特的地方　怎麼有違反三大法　再者　我若是真違反了其中一則
　那我的運作中樞也會立即啟動自動銷毀的機制　你是在緊張什麼

　　〝倒是你...〞　消防_119又有點生氣了
　　〝你不守在你的工作崗位上...還要跟著我四處亂跑〞
　　〝你沒違反你家的公司法吧〞

　　　　生氣的不只消防_119　還有一隻發著微光的小天使　那時海
　鷗2號醒過來剛好看到最後的煙火　拖曳著四散的尾巴隨後消失在星
　空之中　一陣翅膀拍打聲　有一隻發著微光的天使正看著他　那天使
　看起來很生氣

　　〝這裡是天國嗎...〞
　　〝不是...你被我救活了〞
　　〝咦...是嗎...呃...謝謝〞　海鷗2號還有點搞不清楚狀況
　　〝我問你...〞　那天使果然在生氣
　　〝你沒事躺在這裡做什麼...〞
　　〝我出來找一隻海鷗〞

〝...你不待在海邊 〞 她準備開口罵人了
〝等一下 〞 海鷗 2 號可不想等著挨罵
〝我是不是做錯了什麼 〞
〝沒有 〞
〝咦?...那 〞
〝好啦...隨便了 〞 天使好像不想理他了
〝反正你會好起來 〞

　　小天使拍著翅膀飛走了　留下一頭霧水的海鷗 2 號　過了一
會兒　小天使又飛了回來　〝我問你 〞　她臉色還臭臭的　〝夜晚要
怎麼分辨方向 〞　〝呃...看星星 〞　海鷗 2 號完全搞不懂這隻飛來飛
去的小東西是在幹嘛　但他還是把飛越了無數大地和海洋累積而來的
經驗和知識告訴了小天使　〝妳看...星星可以連起來 〞　〝咦...真的
耶 〞　小天使越聽越高興　臉色也不再那麼臭了　小吵　那個晚上
海鷗 2 號突然發現　原來把自己懂得的知識教給別人　是一件很快樂
的事

　　但小吵　妳的手機停用了

　　蹺班第十四天　老歪回來了　今天我跟鳥人去機場接他　高
中畢業後他就出國了　在寒冷北方的某個小國家唸了好久的書　好久
不見　這麼說著　他胸前仍然掛著那只古銅十字架　阿還呢　怎麼沒
看到他　老歪這麼問　這個...待會再慢慢聊　只是在坐回台北的計程
車裡他突然一副落寞樣　〝世界已經全軍覆沒了 〞　他這麼說的時候
連計程車司機都轉過頭來瞄他一下　〝還記得我們說過要打倒這世界
的不公不義嗎 〞　〝難道你們都忘了... 〞

　　〝還是你們已經被世界污染了 〞

　　是啊　你看這座大城市　四處林立的百貨公司　大型的購物
中心　如此炫人眼目的精品櫥窗　燈火燦爛的霓虹招牌　代表各種身
份地位的名流品牌　那些包裝華麗的商品　另人愛不釋手的小玩意
你看　那些年輕男女們站在燈光迷離的昂貴舞台　他們抓起麥克風
他們跳起了舞　那左右兩側 6×6 的大電視牆　TRUSS鋁合金架組成的
奇幻空間　電腦燈　追蹤燈　聚光燈　大AC小AC　紅光雷射　煙霧

雪花　冷不防舞台瞬間暗掉突如其來爆起前排六顆火彈一陣閃光舞台燈瞬間炸亮　開始了　你看底下所有男女都瘋狂了　你看

　　　　真是個教人眼花撩亂的花花世界

　　　　已經全軍覆沒了　對吧　老歪說　已經全軍覆沒了　我們再也無能對抗　你們還沒發覺嗎　人與人之間除了利害關係再也沒有任何連繫　喟歎逝者如斯的詩人　市井小民的傷感情懷　只是這個世界底下的無病呻吟　我們早已失去所有夢想　我們早已失去所有良善我們只好用盡方法來回饋自己好彌補我們的失去

　　　　＂時代必然的產物吧＂　鳥人打斷老歪說　那些所有追尋新世界的人們　所有追尋世界盡頭的人　他們不會知道他們即將成就了一個什麼樣的世界　你看歷史必然成就現在的世界　＂乘客先生…＂計程車司機這下忍不住了

　　　　＂你們會不會想太多了…＂

　　　　是啊　小吵　日子一樣要過下去　戶頭裡的存款又花掉了一些　你不用找工作嗎　老歪問我　你打算蹺班到什麼時候…　什麼時候呢　我會回去的　好歹我也寫了一封辭呈　雖然那封辭呈在颱風夜裡已經淋到爛了　十幾天　老歪說　這好像不叫蹺班了吧…

　　　　依據公司法第1742條之規定　個體搜尋器不得擅離工作崗位但於資料庫搜尋之不能時　為更新及增加資料庫內容　個體搜尋器得於下列幾種情況下單獨行動　第一…　搜尋_104突然覺得這樣下去沒完沒了　他連忙岔開話題　＂反正我沒違反公司法就是了…＂

　　　　消防和搜尋兩個機器人踏上了旅途　去尋找那個叫狄倫特的地方　這個世界到底是發生了什麼事　看不到半個人類的鬼影子　但他們永遠不知道　毀滅文明本身的　就是我們自己的文明　以如此高度文明所發生的戰爭　唯一的結果就是徹底的毀滅　這個世界最後的戰爭　還有什麼勝利可言呢　我們屠殺的不是敵人　而是自己僅剩的

良善　大戰之後　海水終於開始淹沒陸地　建造了數百座風車發電廠　中立國家的人們將一座大島打上了天空的軌道　讓它靠著大自然的風力運行吧　讓後世的子孫永遠能看見祖先們犯下的錯　那麼那是諾亞方舟了　那不是諾亞方舟　其中一個主事者說　大洪水時期是來自於神的懲罰　現在卻是我們咎由自取　連造物主的審判之日都未能等到　我們就先毀滅了我們自己

　　　　"久遠以前...有個智者告訴我們 "　主事者對群眾說　小孩子快掉到井裡去的時候　我們會不加思索地拉他一把　不會考慮任何利害關係而伸出的援手　這就是每個人都有的側隱之心　那麼　我們屠殺的到底是什麼啊　在最後大戰之後　當海水開始淹沒鄰海的城鎮陸地　那座大島載了小孩子和動物們緩緩升上天空　主事者抬頭望著嘆了口氣

　　　　為什麼人類永遠學不會彼此和平共處呢

　　　　於是　薇雅拉　世界之末　我也不能有所貪圖了　說故事的人正收拾著書本起身離去　大雨方歇　那人煮罷了一鍋黃粱　什麼時候才要從枕頭裡出來　青空下已盛開這許多悲歡　夏日未央　一場大夢　倦鳥不能知還　青春歡愛　南柯樹下　就作盡了幾多春秋　是日已過　我怎還能與妳相守直到地老天荒　只是花般地開落　海水漫漫都什麼時候了　妳畢竟乘船遠去　世界之末　我也不能有所貪圖了

　　　　當大島載了小孩子和動物們緩緩升上天空
　　　　所有人都知道　那即將來臨的事

　　　　世界之末　那個男人坐在瓦礫堆中　身旁有一個被壓壞的消防型機器人　散亂了一地的機械零件和晶片　都什麼時候了　陸地即將淪為汪洋　還有各式救護救難型的機器人在城市道路中來回穿梭　一切都來不及了　聽到了嗎　那遠方傳來隱約的轟隆重鳴　那是海水正洶湧而來的聲響　以亞特蘭堤斯為名的黃色飛行船把妳帶去安全的地方　那座載著動物和小孩子的大島飄浮了上去　天空滿滿的熱氣球　有人正準備了橡皮筏　上面載了一些貴重物品和好幾年份的乾糧　當海水淹漫膝頭　那個男人無路可去等著被淹沒　然後他拔下了那個消防機器人的任務晶片　留住我的回憶　那男人說　然後他給它接上

了那本寫了許久的日記匣

　　　（...但這樣跑或許會跑到某個不為人知的神秘地方　那我們
兩個就在那裡老死吧　是喔　妳笑了開來　〝在那很遠很遠的地方有
一個叫做狄倫特的村莊嘞〞　妳手指著　遙遠我便開始有了夢想...）

老死多時卻仍遠道而來的星光
已無關乎愛或不愛悲不悲傷

世界是不能窮盡的　時間也是　默西亞說

　　　這個世界之前　不過是另一個世界罷了　每一個現在　必然來自於一個過去　過去之前又來自於上一個過去　如此一來　有沒有一個最早的過去　如果這個最早的過去　它不來自於任何過去　那麼這個最早的過去　就是一個無中生有的過去　那麼我們的現在　就是來自於一個無中生有過去的現在　那麼我們的現在　就是一個無中生有的現在

　　　你是如何分辨夢境與真實世界　因為你知道　夢裡的世界是無中生有的世界　所以那房間可以就這麼消失不見你就到了另外一個場景另外一個房間　真實世界不是無中生有的世界　否則蓋好的房子如同夢裡一樣消失　那麼我們的努力都將完全失去意義　真實世界所有一切事物都有它發生的原因跟來處　這就是成就世界萬物所有一切的法則　如此說來　我們的現在　就不會是一個無中生有的現在　如此說來　就不會有一個最早的過去　不來自於任何過去　如此說來世界不能窮盡它的源頭　時間也是

　　　如此說來　這個世界之前　不過是另一個世界罷了

　　　這個世界之前的世界　一座被泥土淹沒的城市　一個揹了具滅火器的老舊機器人　一個繞著它打轉的圓型搜尋器　荒廢的街道只有他們兩個在移動　他們一直走著走著　從白天到晚上　一座座被泥土淹沒的城市　走了許久之後又走了許久　這個世界之前的世界只有他們兩個在移動

　　　天什麼時候才亮　小吵　我醒過來了嗎　還是我仍然在夢裡面　早就沒有人記得了　或者是我不曉得如何醒過來　要不要打開窗來看一看　說不定這真的是座空無一人的城市　說不定　我還在夢裡面　可是天一直不亮　小吵　今天第幾天了　就讓我胡言亂語一下今天不要說故事了　好不好　早就燎原了　星火燎原　都由得現在的我了

我也只能胡言亂語了

　　永遠不要理會這樣的我　今天不能說故事給妳聽了　小吵　我不該再蹺班下去了　都是我自以為是的美好　都只是海市蜃樓　對吧　從來不曾有過　是誰教導了我們幸福的事　那些教導我們幸福的人　自己尚且沉淪在悲傷之中　我卻跟隨著他們的腳步　他們說了永遠　這裡怎會有永遠的事　還想放浪於市井之中　分明是個苦楚卻裝成了笑臉　都是他們騙你　海市蜃樓　卻是按捺不住星火　就給它燎原了去　星火啊　怎麼沒人看它　星火不也有個來處　來處之前還有來處　再之前是個也未還是個也無

　　那連我都不能想像了

　　好不好　小吵　今天沒辦法說故事給妳聽了　還是不要理會這樣的我　今天就這樣子算了　那時全身髒兮兮的也不覺得怎樣　那時心不是髒的　後來光鮮比挺的　心卻都髒一半了　那時送完壁紙開了貨車回公司就準備下班　有一天土川在公司門口等我　〝找你去一個地方〞　他說　〝不過我先請你去吃晚飯〞

　　於是沒錢吃飯的流浪者吹奏起薩克斯風　在貧民區的小巷裡　天橋下　攝影師從軍用圓筒背包裡挖出了一台Bolex　16mm發條式攝影機　快　把他們拍下來　短片導演窩在垃圾堆裡說　記錄這些凋零不朽的靈魂　這部電影將能突破〝超越主義〞的顛峰　在天之國　小津安二郎淚流滿面地握住短片導演的手　〝我終於看到了新一代的成長...〞　他如此說道　〝所有事物都是無限的可能延伸〞　那麼我得向小津、布烈松、德萊葉等人致敬　但我不曉得什麼是〝超越主義〞　而且這些人的電影我都沒有看過

　　什麼是超越主義　打了電話給鳥人　〝你心情不好啊〞　他問　呃...我也不知道　〝我跟你說剛剛聽到的一件事...聽說欣予和那男的結婚了〞　鳥人這麼告訴我　是喔　是啊　他們結婚後就跑到美國定居了　可是那男的不是不太好　這種事啊　鳥人說　我到現在也還是沒搞懂...　突然我想起那年暑假　鳥人跟我說攝影社新來的那女生　他說她戴了一個黑框的眼鏡　他說她拿了一台Nikon FM10的單眼相機　他說她總是將鏡頭朝向天空和大海　他說她凝視觀景窗的眼

神太過孤單　他說她過得不是很幸福　他說她男朋友對她並不好　但她還是忍住了不哭在海洋大學的防波堤　在大四快畢業的時候　我的朋友鳥人　用16mm的膠卷拍了一部關於她的記錄短片　以及他對她那侷促不安的愛戀...

然後三百多張的廣告傳單被一陣突如其來的海風捲走　如落葉繽紛般飛灑而去萬色花綠點綴了淡水河口的天空　掛牌他手裡抓著僅剩的一百多張　呆然地望著那隨著海風隨著流水飄灑向大海而去的廣告傳單　"這下賠不起了..."　他打了通手機給我　在我和土川吃晚飯的時候　我跟他說沒關係我有錢可以幫他墊　"廣告傳單?"土川說　"哈...他們就是要做廣告傳單"　土川說他有個學長是做舞台設計的　最近開了個補習班　要教人家電腦繪圖　可是招收的人數太少　"而且今天要拍上課情形...就是要拿來做廣告傳單"

"可是剛下班我全身髒兮兮"
"又不是要拍你..."　土川瞪了我一眼
"只是湊個人數...讓人家感覺學生很多...說不定啊"
"還要貼你臨時演員的錢"

啊　真的嗎　假的　都請你吃晚飯了　"如果你聽了有興趣...也許可以轉行"　土川他難過地看了看我的衣服　"...你就別再開著貨車送壁紙了"

小吵　其實人生並不是達到夢想就結束了對不對　它不是像童話裡王子公主終於在一起就結束了對不對　它不是像電影裡主角終於懲罰了壞人就結束了對不對　它不是像電視節目裡窮人終於開了一家店或者當上了集團總裁就結束了對不對

就像鳥人有一天也會當上導演　有一天他也會跟一個愛他的女生結婚　但那並不表示就是結束了對不對　就像現在我已經不再開著貨車送壁紙　那也並不表示就是結束了對不對

我們永遠都有要面對的事　對不對

在停等多時的十字路口
什麼時候才能看見雲彩之後的去向

怎麼　有人在落落的彈唱　浮華了一生吶　就想許妳幾個天涯　姑娘呵　是哪戶人家開早了杜鵑　亂了一江的春水　還不捨萬千麼　這景物依舊地好　（怎知人事全非）　只個這般時節　喂　唱歌的　這裡可有人擺渡　誰彈唱吶　誰聽　誰看　總歸是隻零丁的魚　怎麼十里東街的男女呀　還在相許幾個天涯　就圖了歸去吧　客問來去何方　聽我彈了唱吶　卿不見那不老的星辰　自會胭脂了華年　問問誰家開了杜鵑　前塵自去　徒留空華水月　江水自流呵　就圖了歸去吧

　　客問　：萬千因一而有　不知先生欲歸何處
　　對曰　：歸何處但先不論　且問一是什麼
　　客無言
　　對曰　：一尚且不知　如何就問他歸處
　　客問　：不知如何是此一?
　　對曰　：不離問處
　　客恍然而問　：但不知他歸於何處
　　對曰　：不離問處

　　那些所有你能歸還的事物　各自還回它們原有的地方跟來處　那麼所有你能歸還的　自然不會是你本來的自己　也不會是你本來的所有　那麼所有你不能歸還的　還剩下什麼

　　那個從來就不曾往還的　該還給誰呢

　　是否遠離了什麼　還是從來就不曾發生　那些是多出來的　還是從來就不曾失去　然後阿還光著頭回到了那座小島的旅社　＂你的女人連我的熱水瓶都偷走了…＂　媽媽桑生氣地說　＂這你要負責賠＂　但阿還身上沒什麼錢　＂我做點什麼工作來賠妳的熱水瓶好了…＂　那老人卻坐在搖椅上笑開了眼看著他

　　＂…你找到狄倫特了嗎＂
　　＂沒有＂
　　＂那你怎麼回來了＂
　　＂因為你才是所有事情的源頭＂

呵...不錯啊　那老人從搖椅裡起身關掉了電視
〝一樣的話再聽一次好了〝
〝我問你...你是為什麼來到這裡呢〝
〝因為你給了我一張地圖...但我一直找不到〝
〝那你又是為了什麼遺忘在這之前的你呢〝

　　　你又是為了什麼遺忘在這之前的你呢　那我是遺忘了什麼
還是所有人都遺忘了　再也沒有人記得

　　　小吵　那個早晨　那個失去妳的早晨　那棟辦公大廈的十三
樓　色彩靡爛的成人會議　馬的...我跟客戶約好了　一個罵到臉紅脖
子粗的業務部主任　我的圖沒人畫...我的案子明天怎麼辦　一個懂得
適時站起來的副總　你們到底有誰在為公司著想...　那天早上　繪圖
部的一個同事生病請假了　那就叫阿在加班啊...　一個行事果斷的老
闆　馬的...是在生什麼病...　這麼罵著　出自肺腑　順便安撫加班員
工的心

　　　馬的　是在生什麼病　沒人想到這其實是個很悲哀的事實
〝工廠機器裡的齒輪　是不能停下來的...〝　這是老歪上廁所前跟我
說的　今天一早老歪打了通電話來　他找到一份社會系講師的工作
社會系的講師啊　我問他　是啊　以後我一定把我的學生帶出去搞革
命...　於是我們約在一間新開的咖啡店聊天　店裡的女店員有著兩顆
小虎牙和笑起來淺淺的酒窩　〝其實...齒輪也可以停下來〝　老歪上
完了廁所回來繼續講　但停下來就會失去所有　於是工廠裡的齒輪只
好用越來越多的齒輪油來回饋好讓自己繼續地轉下去　百無聊賴啊...

　　　都只是百無聊賴的人生...

　　　嘿　你借我吵一吵　她從樓梯跳了上來然後拍了拍我的肩膀
你是沒吃飽　幹嘛那麼悶　然後她伸直了一根手指頭　你看　小蘇
打餅一包　又伸直了兩根手指頭　養樂多兩瓶　你看　沒錢的時候
買一包小蘇打餅加兩瓶養樂多　就可以吃得很飽了喔

　　　小吵　那個失去妳的早晨　那個所有人都失去側隱之心的早

晨　身體已經不行了　13樓的男人知道今天晚上又回不去　馬的...是
在生什麼病　當他察覺自己終於也失去那僅有的良善　他脫口對12樓
的夜校女生說出了傷人的話　什麼養樂多...妳是不曉得痛苦是不是
他說　不然妳怎會每天都這麼快樂　然後他又多加了一句　還是妳痛
苦過頭了...只好每天裝得很快樂...

　　　還來不及反應
　　〝只因生活的不好就變這樣〝
　　她狠狠地甩了他一個耳光
　　〝你跟他們一樣都是很糟糕的人〝

　　　突然　火車動了起來
　　漫天震耳而來的夏日蟬聲

　　　我看見一個愛笑的女生掉下眼淚　她轉身離去　那震得我嗡
嗡作響突如其來的巴掌　一如漫天震耳而來的夏日蟬聲　我突然看見
那個失去記憶的夏天　我那遺忘許久好遠好遠的過去

　　　打開窗子了　船舶正噠噠地遠去　父親彎下了身　雙手托住
我的身體　（那片刻竟是如此緩慢的永恆）　腳跟悄然離地　擁入風
裡　景物掠過眼角逐漸升起的高空　依賴著刺青的堅強臂膀　坐在父
親的肩頭上　望著炫目神迷的大海　〝海大不大...〝　父親笑開了魚
尾紋問我　那年　溫熱地徘徊在空曠的海口　老去的樹影　風箏斷了
線　晃越青青草坡　陽光永遠停在門口　籬笆外　妹綁了紅辮尾　踩
著大拖鞋　追著雲的影子跑　如此清澈的天空　盛夏的鐘聲　響徹了
整片雲霄...

　　　長堤底有座孤伶伶的燈塔　溫柔地守護著它的海　青空下的
漁港隨波搖晃　噠噠的船舶日復一日　如此來來回回　醬油味只會瀰
漫在午後以後的海邊　整個季節都是轟隆隆的椰子林　沒有人記得
或是想起　鞦韆帶我們到過的每個地方　鐵路平交道一樣叮叮噹噹地
響　放下了柵欄　漫天而來的蟬聲　我想起了那些發生過的事

　　　那一年　跑近海的父親決定改跑遠洋　他跟母親說我們長大

很快　開始要上小學　然後初中高中大學　不想辦法多賺一點錢不行
　〝爸以後出去都會很久才回來…要聽媽的話〞　父親的手抹亂了我
和妹妹的頭　那年出海前他厚實的手掌特別用力　我在好後來才能知
道那是多麼不捨的溫柔　〝…爸你要帶東西回來給我…〞　小孩子還
不曉得這別離竟是如此之久　興奮地在港邊跳著　那望不到盡頭的海
的另一頭　會是一個怎樣的地方

　　　抽水馬達整夜喀啦喀啦地響　每個早晨都有乾淨的制服穿
船老大帶著里長和一籃水果來　傳著鄰人的耳語　留下三個吃飯的家
人　那一天　媽祖的眼裏有著深邃的等待　一定要回來啊　但沒有人
喊出聲　我看見母親在廚房偷偷掉下的眼淚　歌聲不止　教堂望著不
知道的遠方　如此年復一年　然後賣了僅存的金飾買了台縫紉機　靠
著縫縫補補　母親堅強地將兩個小孩子養大　妹剛要唸國小的時候
那時我就北上求學了　在滿是便當味的月台　妹妹哭得稀哩嘩啦　她
也已經瞭解了何謂離別　不哭了　過年我會回來的　騙人　妹妹說
爸也都沒有回來　會啦　我跟妳打勾勾　過年我會回來的　那時我再
帶妳去放鞭炮　妳要乖乖唸書　母親笑著　好好照顧自己　她又塞了
一些錢到我的口袋　夠了啦　好了好了快上車來不及了　火車動了起
來　那漫天震耳而來的夏日蟬聲裡　我會乖乖唸書的…　妹妹說

　　　她伸出手臂擦去了滿臉的眼淚和鼻涕
　〝我會說請謝謝對不起了…〞

　　　揮著手　母親笑開了和父親一樣的魚尾紋　那滿滿的多年光
陰　她說　都一定會有美好和悲傷的事　就和那些來這裡的客鳥一樣
　沒有人應該永遠悲傷地棲息…

生命不在於它的美好
而在於它所有的悲傷與美好

於是好多年過去了　有隻中年海鷗停在一處細白砂子的海灘上　不遠處有兩隻小海鷗正為了爭食一團麵包屑在打架　那兩隻小海鷗越打越激烈　中年海鷗連忙上前勸架　"怎麼了..."　他說　"不可以打架喔 "

　　　　　　"你是誰啊..." 　其中一隻小海鷗不是很高興地問
　　　　　　"我叫２號 "　他說
　　　　　　"從很遠很遠的地方來..."
　　　　　　"那麵包屑是我先發現的..." 　另一隻小海鷗搶著說
　　　　　　"哪有...是我先叼起來的 "
　　　　　兩隻小海鷗又撲在一起準備打起架
　　　　　　"不是這樣的..." 　中年海鷗趕忙將他們拉開
　　　　　　"我們不是只為了麵包屑而活著的 "
　　　　　他轉頭遙望那好遠好遠的天空
　　　　　　"世界很大..."
　　　　　　"世界是真的很大的..." 　

　　　　那兩隻小海鷗彷若也從他的眼裡看見了好遠好遠　好大好大的世界　小吵　或許是這樣吧　生命不在於它發生的美好　而是在於我們都歷經了所有的悲傷與美好　也都體會了所有的悲傷與美好

　　　　或許是這樣吧　小吵　那時候　坐在電腦桌前度過一整個早上和下午　這樣的年紀　想去看看海或是去圖書館看看書什麼的　早上鬧鐘響了起床刷牙洗臉去上班　下班累翻了只想回家看電視洗澡睡覺　生命在這樣的日子裡毫不保留地過去　那時　坐在樓梯間安靜地看著妳吵　那真是一件很好的事　也許妳不知道　在那個讓我醒來的耳光之後我就生病了　然後順便就蹺了班　雖然老歪說我這已經不能算是蹺班了　但我會回去的　因為我也帶給了別人困擾　小吵　確實如此　只因生活的不好　我也跟著變成了一個很糟糕的人...

　　　　但也許會有奇蹟吧　在這樣百無聊賴的世界裡　敲門狗在推開了門進來之後　猜想是後腿不小心把門撞了回去　在那一連串的動作下　敲門狗推門　開門　進來　然後關起門　那天大鬍子躺在床上

斜眼看見敲門狗所有動作的完成 奇蹟 他翻起身瞪大了眼好像突然瞭悟某種真理 這就是奇蹟了 他熱淚盈眶地將敲門狗擁在懷裡敲門狗也高興不已地舔著他 這不僅只是關門啊 他說 而是生命的偉大以任何可能的形式展現 後來大鬍子把茶館頂讓了出去 還掉債務之後剩一筆小錢 搬去靠海的城鎮在租金便宜的偏僻馬路又開了一間簡單式的茶攤 〝生命永遠都有希望...〞 他三不五時就跑去看海 〝但它並不是我們以為的那樣...〞

希望一直都在 只是我們從來不曾發覺

〝世界並不是只有眼前的這片海洋喔...〞
越來越多的小海鷗圍過來 聽這隻遠方來的中年海鷗說起他們不知道的事
〝咦?大海的盡頭不是空無一物啊〞 小海鷗們議論紛紛
〝不是的...〞
〝算一算有七大海洋呢...〞 中年海鷗高興地說
〝除了海洋還有什麼嗎?〞 有小海鷗問
〝島 高原 山 城市 湖泊 河流...漁港和小鎮〞
〝數都數不完的森林 還有飛都飛不完的沙漠...〞 中年海鷗突然想到了什麼
〝還有心地善良的小天使喔〞

中年海鷗洋溢著滿臉溫暖的回憶 在那細白砂子的海灘 然後小喵喵打了通電話來說她要結婚了 〝你要不要來參加我的婚禮...〞 或許她希望我能看見她穿新娘禮服的美麗模樣 一直知道這一天會到來 只是它來得好快 都還沒來得及準備些什麼 最後我還是回絕了她 〝幹嘛啊〞 鳥人問我 〝心態還沒調整過來吧...〞 〝還調整...時間是不會理會你的〞 他說 都幾歲的人了

去 鳥人說 去給她祝福吧

於是好多年過去了 那時將有個社會系的老教授 會帶著一群學生佔領百貨公司 在頂樓天台他將拉起斗大的布條 想要告訴世人這世界所有的不公不義 那麼我想一旁一定有一群怕被當掉的學生陪著他 他們有氣無力地搖著手上的小旗子 那時 武裝警察封閉整

116

條馬路　鎮暴車　警用直昇機圍繞著他們盤旋　如此僵持對峙一個早上　〝老歪教授...〞　應該會有一個想去速食店吃漢堡的學生這樣跟他說　您要對抗的敵人也許早被殲滅了　〝你們這些失去理想與信仰的一代〞　那時老教授會如此發火　〝通通不要給我逃走〞

　　　　但沒有人知道　飛行之父默西亞離去了
　　　　他並沒有留下什麼東西

　　　　〝敵人啊...你們是跑去了哪裡〞　老歪教授站在大風搖擺的頂樓天台　那時從建築物後方會閃出四五架轉播用的直昇機　攝影師們各自扛著機器吊出身體把鏡頭對準他　高架交流道車子來回穿梭　天橋上來來往往的行人　即便是個白天　對面馬路的金融大樓內還是燈火輝煌　老歪教授將發現　這世界仍舊照著它自己的方式運轉　並沒有因為他而稍稍停下　於是老教授更加用力搖著白布條　在大風搖擺的頂樓天台　〝我所以為的大好世界啊...〞　那時老教授將如此醒悟　〝並不是別人的大好世界啊〞　他抬頭望著城市灰僕僕的天空悲哀起來　〝世界它本身...〞　在他被警察銬上手銬時他將如此說道　〝竟然沒有好壞分別啊〞

　　　　我所以為的大好世界啊...　於是好多年過去了　有一天掛牌存夠了錢會買一台飛行器搭乘著它直達天空的彼端　那座大島狄倫特　而我會在地面等他下來　但飛行之父默西亞確實離去了　你會長大的　孩子　他說　每個人都在學著體會悲傷　總有一天　你也會看見這世界的不美好　你會涉足其中　你也許起而對抗　你也許放棄自己　但請記得　生命並不在於那些等待與盼望不到的一切　生命是學習與瞭解的過程　並不是盡其一生為了等待與盼望的到來　所以你從來就不曾失去什麼　唯有知道了這些　那麼　去吧　孩子　去追尋你自己的世界　去嚐盡你自己的快樂與悲傷

　　　　透光的綠色海水暈開了一片藍　幾棵斜斜的棕櫚樹　懶洋洋　細白砂子的海灘　天空淡淡的黃　在輕聲湧動的雲裡　一隻黑點大小的海鷗在滑翔　〝老師...老師〞　一群小海鷗在岸邊叫著　〝我們要聽故事...〞

　　　　於是好多年過去了　舞會開始　小男生和小女生跳起無憂無

慮的舞　這個夏天傍晚的公園　他和她　長椅凳　在一旁的沙丘上
蓋房子的小女孩　舞台公司的電腦繪圖...　他說　是喔...嗯　她側頭
想了一下　好久了...在哪我好像有看見你開貨車過去呢　呃...剛畢業
那時我在送壁紙　咦...　她有點驚訝　怎麼說　這些年的事他不知道
怎麼說　那妳不玩團了　他問　不玩了...畢業後就不玩了　是喔...
他說　覺得可惜　他和她兩個人其實還蠻高興的　只是太久沒見都有
點不知道說什麼才好　總要安靜一會才能說上一兩句話　好啦　我該
回家煮飯了　她把她女兒叫了過來　我們要回家囉...跟叔叔說再見

　　　　　"那...　"　他問了最後一句
　　　　　"妳現在還唱歌嗎...　"
　　　　　"還唱啊...　"　她好像想到什麼笑了
　　　　　"唱給我的女兒聽...　"
　　　　她的笑容裡不再神秘了　只剩為人母親一樣化不開的溫柔
　　　　　"媽咪唱的歌很好聽喔　"

　　　　小女孩自顧地拍去手上的泥巴　低頭又把它抹擦在褲子上
她牽著她女兒離去了　公園的沙丘上　有一棟泥巴做成的小平房　手
掌般大小　平房挖了兩扇窗　開了一扇門　沙土圍了一個小庭院　庭
院裡有一座挖了一半的小水池

　　　　　"叔叔再見...　"　小女孩手被媽媽牽著轉身來高興地揮揮手
　　小女孩笑瞇了眼我宛若看到她長大之後　"是個好天氣喲...　"　如
同她母親年輕時候的模樣　那時她笑瞇了眼這告訴我　小吵　大人
總是要小孩子不許哭　但大人其實也會不堅強　有個穿西裝的大人拼
了命地忍住眼淚　在夏天傍晚的公園

　　　　那個點　那件事　那個開場　那個結束　如同不確定天候裡
的陽光　什麼都還沒有確定　那年大一的她站在教室走廊

　　　　好像什麼事都還沒有開始　好像什麼事都還沒有發生

那——消逝的不只是鴿子留在空地上的影
還包括了雲擁而去的鴿群

有人提起了往昔　但夏日將盡　街道已變了顏色　有人仍流連喧鬧　葉子半黃了街景　葉子在繁間吁吁磋磋　那往青春的事呵　如此未央的溫存　於是前來　於是離去　被窩裡是竟日的夜　不知幾年　未能察覺　是夜已在昨夜更迭　正大捨了此季的歡尋　於焉涼涼　有人吹起了笛　艾艾怨怨　轉眼就要秋天

　　　　今天打了電話給永德
　　　〝好久不見...出來聊一聊吧〞
　　　〝咦...〞　她有點驚訝
　　　〝好啊...你還喝酒嗎〞
　　　〝不喝了...已經不喝了〞
　　　〝是喔...那〞
　　　〝我們去喝茶好了...〞　我跟她說
　　　〝我知道一家茶館...裡頭有一隻會開門關門的狗〞
　　　哈...　真的嗎　她不太相信

　　　　〝那麼...今天晚上〞　有一隻中年海鷗在細白砂子的海灘這麼說著　〝老師來教你們夜晚要怎麼分辨方向...〞　〝好～〞　一群小海鷗們高興地齊聲回答　〝晚上亮起星星的時候再到這裡集合〞　泛起涼意的海邊　海鷗２號望著離去的小海鷗們的背影　他發現他是真心喜歡上這些小傢伙了　而證明自己愛的方式　就是將自己所體會的美好　指引給那些也想親自體會美好的海鷗　就在２號如此想著的時候　不遠處突然出現一隻晃耀光芒的慈祥老鷗鳥　〝遍尋了這個世界...〞　那老鷗鳥很是讚許地說著　〝卻以如此方式體會了仁慈與愛〞　海鷗２號在愣了一會之後就知道眼前這隻老鷗鳥是誰了　〝您...您是如此偉大的人物〞　２號又驚又喜　〝我一路上聽說了您的好多傳聞...〞

　　　　〝我一點也不偉大...〞　老鷗鳥愉悅地笑著
　　　〝我只是個喜歡飛行的傢伙〞
　　　〝原來...〞　海鷗２號突然明白了那久遠以前的事
　　　〝我知道了〞
　　　〝所以白鷗佛烈齊是...〞
　　　〝佛烈齊‧林德〞　老鷗鳥滿臉回憶

〝…我剛遇到他時他也還是隻魯莽的年輕海鷗呢〞
〝有一群…他們…〞 2號說
〝跟著佛烈齊…〞 近在眼前了
〝您知道一隻叫做7號的海鷗嗎〞
〝她啊…〞 老鷗鳥呵呵地笑起來
〝她也還在努力地飛翔著〞
〝您可以帶我找到她嗎…〞

　　　您可以帶我找到她嗎　這句話　是多少年呢　是遍尋了多少世界　〝我就快不能動了…〞　消防_119跟搜尋_104說　〝我的報廢期限快到了…〞　這句話　又是多少年呢　又是遍尋了多少世界　不行啦…　搜尋_104慌張起來　我們都還沒有找到狄倫特

　　　你會找到她的　慈祥的老鷗鳥跟2號說　追尋不是只為了結果而已　你歷經了許多　也體會了許多　那親身體會的事物　才是追尋的意義　你看　雖然這些小鷗鳥們未能親身踏足　但他們不再爭奪麵包屑了　這是因為他們已從你的身上看見了一個遠大的世界　終有一天你會找到她的　但那並非就是結束的時候　因為生命是傾一生來學習　於此　如同佛烈齊教導7號飛行而去的那個地方　現在由我來教導你

　　　〝那麼…〞　那隻慈祥到不能再慈祥的老鷗鳥說
〝讓我們從水平飛行開始吧〞

　　　小吵　天氣怪怪的　把雜物打包了好幾箱　拆不掉的書櫃還有一堆送不出去的二手書　我想叫托運先把這些寄回去　箱子一個一個的疊起來　房間空出了塊大角落　打掃了一下才知道灰塵那麼多　海報撕下來的那塊牆壁白白的　待會還要去買捲塑膠繩　把一些書本捆起來　順便看能不能要到一些廢紙箱

　　　〝我已經不能動了〞　消防_119漸漸地黯淡下來　　〝喂…〞　搜尋很是著急　〝不可以〞　在沒有車輛的高架交流道上　遠遠望去的這城市　還是一片荒蕪　〝我們已經走多久了…〞　消防五音不全地問　〝怎麼會連個人影都看不到〞　〝我也不知道啊〞　搜尋說　〝這世界到底是發生什麼事了〞　〝也許…〞　消防_119突然有種

很奇怪的感覺　〝也許根本沒有狄倫特這個地方吧...〞　突然消防機器人的能源警示燈嗶嗶地響起　只是燈光越來越弱　〝不可以啦...〞搜尋_104慌張地說　〝你還不可以報廢啦...〞

　　　有個13樓的男人走進了電梯　他按下了12樓

　　　也許根本沒有狄倫特這個地方吧　當消防機器人警示燈最後的燈點消逝而去的剎那　突然一陣轟隆隆的聲響　身後有一團黑壓壓的東西覆蓋整片天空壓著偌大的影子而來　搜尋轉眼向上望去　一座島　一座大島　正壓過了他們的頭頂　喂...　搜尋_104開了最大的音量　〝你看...〞　大島兀自轟隆隆地前行　〝一定就是那個了...〞搜尋繞著消防一圈又一圈　〝我的地圖資料庫裡也沒有它耶...〞　那座大島背著光前行　此時在它一旁的高空突然張開了一具碩大無比的風帆　下頭吊著一只大竹籃　朝這裡的交流道搖搖晃晃地飄落過來

　　　12樓電梯門打開的時候　總機小妹和會計阿姨在樓梯間聊天　請問小吵在嗎　我想找她　男人問　小吵被押走了啦...　別亂說　阿姨拉了一下小妹的手　好久沒看到你　你辭職了？　算是吧　男人說　小吵我們也都聯絡不到她　所以...　阿姨支支吾吾地　她被押去還債了啦　她家　口無遮攔　阿姨對小妹動怒了　話不要亂說　那...　男人說　可以給我她家的住址嗎　這...　阿姨面有難色　恐怕不太方便　搬了啦　哈我知道了　你喜歡上人家了對不對　小妹被阿姨趕進公司時又丟了一句　大色狼　阿姨搖了搖頭　一點禮貌都沒有　阿姨回過頭問男人　小吵不是常上去找你嗎　你不曉得她家的狀況　呃...不曉得　咦　是喔　那小吵她可能也不想讓你知道吧　阿姨一臉無奈　所以我們也不方便跟你說什麼　沒關係　男人說　還是謝謝妳

　　　大竹籃飄到了高架交流道

　　　那個男人走上了13樓　他走進公司的時候　沒有人說話　他以前的位子現在坐了一個新同事　那新面孔很是好奇地看著他　一旁的桌上有一包塞了一堆雜物的垃圾袋　那男人抓起了垃圾袋　接著走到另一間辦公室　但辦公室裡沒有人　那男人從褲子口袋挖出一只淋爛掉的信封　他將它放在辦公桌上然後走出了那家公司　那男人在下了電梯步出辦公大樓之後　馬路上迎面而來一陣味道熟悉的風　他突

然發現天空明顯變了顏色　"咦…"　他探了探鼻子

是秋天…

　　地面已經是秋天了…　（從大竹籃裡走出好多人）　那兩隻
是什麼東西　（有人問）　那應該是前陸年代的機器人　你們…　（
搜尋的音量很大）　有誰可以修復這個機器人嗎　（有人走過來了）
　我們在上面已經遺失以前所有的知識和技術了　怎麼了嗎　那完了
　這隻消防真報廢了　（搜尋的音量還是很大）　那請問一下　剛剛
飄過去的島叫做狄倫特嗎　不是　以前奶奶薇雅拉說它叫做諾亞　但
她又說它不應該叫諾亞　咦　不會吧　那狄倫特呢　什麼狄倫特　這
機器人說它想去找一個叫狄倫特的好地方　我也陪它找好久了　（搜
尋的聲音終於調小了）　真的嗎　讓我來看看　（那人走過來了）
（他在動我什麼零件）　這是日記匣啊　（那人的聲音變小了）　唔
　原來是這樣　怎麼了　怎麼了　（所有的聲音都越來越小了）　它
被人接上了日記匣　這應該是戰後被海水淹沒的人　他留下來的日記
　他把它接到了這機器人身上　（就快聽不到了）　可是…　這日記
裡的狄倫特啊

　　"唔…"
　　"怎麼了…"　搜尋問
　　"那並不是要去尋找的地方啊"　那人說
　　"那是像回憶一樣放在心裡就可以了的地方啊"

　　然後那人嘆了口氣站起身轉過去對那幾百個人說
　　以後那座島就以狄倫特為名吧

　　那些從天空大島降落下來的僅存人類　開始重建地面的世界
　也許是不想再提起那段人類自我毀滅的過去　慢慢地　便遺失了之
前的歷史　久遠久遠之後　人們抬頭仍然可以看見那座飄浮在天空的
島　但沒有人知道那座島的來歷　只知道它是一座叫做狄倫特的島
　"那會是一個怎樣的美好世界…"　遺忘了過去待在地面的人類總在
悲傷時抬頭看它如此說道

那會是一個怎樣的美好世界啊...

　　故事一個一個地結束了　小吵　我也失去妳了　人潮洶湧的十字區　跟往常一樣　停在紅綠燈前　會有再遇見的一天吧　也許在某間餐廳的前面　也許在某個路口　說不定會在某家安養院　不管是60歲70歲　會有不期而遇的一天吧　我真的如此相信著　所以妳可要給我好好的活到那時候　還要像那時在樓梯間一樣吵鬧　然後牽著一堆跟妳一樣吵鬧的小孫兒　哈　妳真的是一個嘮叨不休的老太婆啊　那時我一定要對妳說這樣的話　所以妳可要給我好好的活下去　直到我們再遇見的那一天

　　於是夏日終盡　青蛙爺爺身後跟著數來隻小小青蛙　伸長了脖子躲藏在湖畔邊的草叢間　悶悶地等著飛蟲來送死順便聊聊天　〝爺爺以前可是一國的...王子哈湫　〞青蛙爺爺打了一個大噴嚏　爺爺你說什麼　小小青蛙們沒有聽清楚　〝爺爺以前可是一國的...哈湫　〞沒人聽見林梢間傳來一聲折斷的輕響　〝爺爺以前...唔...算了　〞青蛙爺爺抓著鼻子說　忽地一片樹葉掉了下來　〝咦...　〞那片清楚的葉子在模糊的樹林間轉啊轉　飄著繞著　落下來時剛好蓋住了青蛙爺爺　〝是秋天...哈湫　〞青蛙爺爺掛著鼻涕說

　　　　〝秋天又來了啊...　〞

春去秋來
綠草成茵　綠樹成蔭

好久好久以前　有個 12 樓的夜校女生總會跑到 13 樓吵那個坐在樓梯間抽煙的男人　木頭人　她說　你真是悶　我們來玩故事接龍　她不等他答應就自己玩起來　在說遠不遠的地方　有個背山靠海的小鎮　住了一隻小海鷗　他叫做

　　〝唔...叫什麼好〞　她問

　　〝岳納珊〞　他說

　　她捲起了手中的會議記錄表

　　敲了他的頭

　　〝又不是天地一沙鷗〞

　　〝那叫 2 號好了〞

　　〝為什麼〞

　　〝妳管我〞

　　〝好吧...他叫做 2 號〞　她不情願地說

　　〝那你接下去〞

　　〝那地方總是飄著青草味道的涼風〞

　　〝這個接得好爛〞

　　〝一整年都是讓人想偷懶的好天氣...〞

　　〝咦〞　她眼睛亮了起來

　　〝這個好〞

　　　　但他們並沒有把故事接完　那個男人就失去了她　在某個早晨的樓梯間　後來那個男人在曉班的日子裡　把故事接了下去　寫了一篇又一篇　在房間裡　在夏天即將結束的時候

　　　　小吵　這就是全部了

　　　　這是我僅能給妳的全部了　也許有一天　妳會看到我接完的故事　妳會看到我所有想告訴妳的好多故事　也許會有那一天吧　也許那時我們都已老去多時了

　　　　妳看這個剛開始的秋天　越來越冷清的街道　空曠的柏油馬路和摩天大樓　暗綠色的反光玻璃　穿梭其中的高架鐵軌　每個人都搭著飛行器離開了地面　飛往那座天空中的大島　那個想像中的美好

世界

妳看這個剛開始的秋天　新開了一間咖啡店
〝我要一杯熱可可〞
〝你不喝咖啡啦…〞　一樣淺淺的酒窩和虎牙
小趙突然漲紅了臉
他覺得自己好像做壞事被發現的小孩一樣

那麼說不定會發生一些什麼吧　你看這個剛開始的秋天　有
個年輕人背著降落傘從天空之島跳下來　隨風緩慢飄落　待在地面買
不起飛行器的窮人們全圍了過來　〝上面到底是什麼地方啊〞　〝是
天國嗎…我們是不是被遺棄的人〞　窮人們圍著那從天而降的年輕人
七嘴八舌地問　上面啊…沒什麼好　年輕人說　又看不到海

　　　〝倒是有幾百座風車發電廠…〞
　　　〝和一個被廢棄的城鎮〞
　　　〝不會吧…那他們留在上面做什麼？〞　窮人問
　　　〝一樣啊…正準備在那裡蓋一座大城市〞
年輕人收了收降落傘
　　　〝好讓他們來拼命工作賺錢…〞
然後年輕人就走掉了　留下一群詫異的窮人

　　　你真的要搬喔…　掛牌從他家裡載了幾個紙箱來給我　這樣
以後我要找誰聊天…　掛牌說奇怪的他老是想起那個暑假　那個我們
一起發海報的暑假　為什麼老覺得那一年的日子特別的好　（嘿　也
許是那時　我們還維持著小小的單純吧　只是我們不能永遠單純　要
歷經的事還有很多　要體會的事也還有很多）

　　　你看　小喵喵穿著白色的新娘禮服　和別隻大喵喵站在一起
他們倆隻喵喵穿過樹林　來到金黃稻田找稻草人丹丹證婚　〝為什
麼會找我呢？〞　丹丹問　〝因為你一直在此啊…總是讓人找得到〞
小倆口這麼說　於是大嘴巴的烏鴉把消息傳了開去　蟋蟀揹著小提
琴來了　麻雀一家來了　大野狼跟綿羊們來了　好多人都來了　大家
都帶了禮物來

大喵喵
你願意娶小喵喵為妻
承認並接納她為你的妻子嗎

今後不論遇見什麼樣的環境
都要同甘共苦不離開她
願意愛她　尊敬她
也願意接納她的家人像接納你自己的家人一樣
你願意這樣子嗎

小喵喵
妳願意嫁給大喵喵嗎
願意接納他做為妳的丈夫嗎

　　那個黃昏　夕陽餘暉覆蓋了小喵喵的新娘頭紗　我願意　小喵喵羞怯地低了頭　很是溫柔　很是漂亮　稻草人丹丹為他們公證　以這片稻田金黃色的光　我現在宣布他們兩人是合法的夫妻　於是蟋蟀們拉起了小提琴　大野狼敲著他的肚皮打鼓　綿羊圍了一圈在跳舞　麻雀家族合唱了起來　願那永不止息的愛　住在他們家庭...　大家快樂地跟著唱起祝福的歌　是怎麼了　稻草人丹丹看到敲著肚皮的大野狼　正偷偷地掉下高興的眼淚...

　　願那永不止息的愛　住在他們家庭　無論在什麼環境　讓他們堅定　起初的信心和起初的愛　相愛相扶彼此共度一生克服一切的困難直到永遠

　　世界運轉不息呢　小吵　他們的故事不會結束　但我們接下去的故事快要結束了　有些人找到了他們自己的美好世界　有些人仍在追尋他們自己的美好世界

　　如何是美好世界呢...　阿還這麼問搖椅上的老人

你所以為的美好... 老人說 其來有自啊 既然其來有自 那它就不是原本不變的真理了 都只是遺忘罷了 所以窮盡了一生去追逐那被認識以及瞭解的客體 都捨本逐末了 你只要去看它的來處 就一定看得到 就像那張地圖是我給你的 這就是來處了 卻不是你本來就有的啊

彷若某種東西掠過心田 好像快打開些什麼 又好像沒打開些什麼 "可是... " 阿還說 就算真實世界所有的事物都有原因跟來處 就算我知道這牆壁是有人粉刷 就算我親眼看到有人粉刷這牆壁 問題是我怎麼知道我是不是在夢裡 這會不會是夢裡的另一種無中生有

"這是因為... " 老人說 能看的只有一個啊 不管是真實還是在夢裡 能看的永遠只有一個啊

那麼 醒過來 從你自己的世界裡醒過來 那能醒的 沒有人能夠代替 就像現在這個在看的你 沒有人能夠代替 那麼 你醒過來了嗎 你想要了什麼 如此而已 知不知道為什麼想要呢 不過如此罷了 那個想要的 是不是本來的你呢 "原來... " 阿還頓時恍然大悟 他說

"美好世界...從來不曾存在...也從來不曾遠離 "

呵... 那老人笑了開懷 "你找到了你的狄倫特 " 而且沒有人能將它偷走

"可是...那不就都結束了 " 阿還問 "正好拿來開始 " 老人說 "天氣涼了... " "就多加件襯衫 "

於是阿還他從小島上的旅社打了通電話給我 告訴了我這麼一件事 "我還會留在這裡一陣子 " 其實一直很想問他為什麼小小會帶走所有的東西離開他 你們不是要在島上廝守一生嗎 那你現在

132

還想去找她嗎　但這些不該問吧　也或許已經不須要問了

　　　　〝人生的境遇啊...〞　他這麼告訴我
　　　　再怎樣做盡了美好
　　　　也只是一場終究要醒的夢
　　　　我能醒過來看見自己
　　　　卻是因為一場太過悲傷的夢

　　　　那麼　小吵　就這樣了
　　　　我所有能跟妳說的想跟妳說的好多故事
　　　　在這十九天之後　全部說完了
　　　　這個夏天
　　　　就這樣結束了

　　　　也許好久好久以後　會在一個好天氣的假日　會有一對夫妻
帶著兩隻小毛頭　開著車子沿著濱海公路找地方烤肉　他們會經過一
個小鎮　一個靠海的學校　啊　爸爸想到了什麼　我小時候住過這裡
　是喔　媽媽心不在焉地說　爸爸開過了小鎮出現一片空曠的海　咦
...　爸爸好像想到了什麼　有一次我蹺課到這裡遇到一個奇怪的人
爸爸說　這時後座的弟弟哇地哭起來　哥哥不要欺負弟弟　媽媽轉過
頭去生氣的教訓小孩們　〝不是有種發條鯨魚玩具放在水裡還會噴水
...〞　爸爸繼續說著但媽媽轉身幫弟弟擦鼻涕　〝我好像在水溝撿到
的...〞　什麼奇怪的人？　媽媽忙完了回過神問　呃...　沒啦　爸爸
說　他叫我長大後不要變成一個糟糕的人　是喔　媽媽說　怎麼有這
種奇怪的人

　　　　那我們在這裡烤肉好了
　　　　爸爸搖下了車窗　想聞一聞那年海邊的味道
　　　　呵　那真的是很久很久以後了

133

-- **終章** --

〝長大以後不要變成跟我一樣糟糕的大人...〞
〝我不覺得大哥哥糟糕啊...〞
〝因為只有你相信我有大鯨魚耶〞

於是所有的故事都說完了　這座城市又開始飄起毛毛雨　櫥
窗裡的人體模型加了件長袖襯衫　這個傍晚　路燈一樣閃了幾下然後
才亮起來　有個女生消失在一棟辦公大廈的十二樓　有個男人在蹺班
十幾天之後失去了工作然後離開了這座城市　於是夏天過去了　〝我
的孩子...你還想問我什麼...〞　我在好後來遇到了在海邊即將永遠闔
上雙眼的默西亞　〝我什麼也不能給你...〞　他坐在搖椅上說　人生
本來就沒有永遠的美好　那不美好的　卻是必然要歷經的途徑　那親
自體會到的　沒有人能夠代替　去吧　去瞭解那個從來不曾失去的你
　去品嚐所有的快樂與悲傷　學著拿起　然後放下　學著長大　然後
老去

〝爸你看...〞　大布布和小布布抓了滿手的貝殼
〝我們可以分你好幾個願望...〞

我們長大　我們的孩子長大
我們品嚐然後流淚
好多年以後
我們都老了

夏天一個一個的過去
發生了好多好多的事
好多好多...

國家圖書館出版品預行編目

狄倫特之夏 / 楊淮茌作. -- 一版. -- 臺北市
: 秀威資訊科技, 2004[民 93]
面 ； 公分. -- (語言文學類 ; PG0031)

ISBN 978-986-7614-72-8(平裝)

857.7　　　　　　　　　　93021396

 語言文學類　PG0031

狄倫特之夏

作　　者 / 楊淮茌
發 行 人 / 宋政坤
執行編輯 / 彭家莉
圖文排版 / 張家禎
封面設計 / 羅季芬
數位轉譯 / 徐真玉　沈裕閔
圖書銷售 / 林怡君
法律顧問 / 毛國樑　律師
出版印製 / 秀威資訊科技股份有限公司
　　　　　台北市內湖區瑞光路 583 巷 25 號 1 樓
　　　　　電話：02-2657-9211　　傳真：02-2657-9106
　　　　　E-mail：service@showwe.com.tw
經 銷 商 / 紅螞蟻圖書有限公司
　　　　　台北市內湖區舊宗路二段 121 巷 28、32 號 4 樓
　　　　　電話：02-2795-3656　　傳真：02-2795-4100
　　　　　http://www.e-redant.com

2004 年 11 月 BOD 一版
定價：170 元

讀　者　回　函　卡

感謝您購買本書，為提升服務品質，煩請填寫以下問卷，收到您的寶貴意見後，我們會仔細收藏記錄並回贈紀念品，謝謝！

1. 您購買的書名：_____

2. 您從何得知本書的消息？

　　□網路書店　□部落格　□資料庫搜尋　□書訊　□電子報　□書店

　　□平面媒體　□朋友推薦　□網站推薦　□其他_____

3. 您對本書的評價：(請填代號　1.非常滿意 2.滿意 3.尚可 4.再改進)

　　封面設計____　版面編排____　內容____　文/譯筆____　價格____

4. 讀完書後您覺得：

　　□很有收穫　□有收穫　□收穫不多　□沒收穫

5. 您會推薦本書給朋友嗎？

　　□會　□不會，為什麼？_____

6. 其他寶貴的意見：_____

_____

_____

_____

讀者基本資料

姓名：_____　年齡：_____　性別：□女 □男

聯絡電話：_____　E-mail：_____

地址：_____

學歷：□高中(含)以下　□高中　□專科學校　□大學

　　　□研究所(含)以上 □其他_____

職業：□製造業 □金融業 □資訊業 □軍警 □傳播業 □自由業

　　　□服務業 □公務員 □教職　□學生 □其他_____

(請沿線對摺寄回,謝謝!)

秀威與 BOD

BOD（Books On Demand）是數位出版的大趨勢，秀威資訊率先運用 POD 數位印刷設備來生產書籍，並提供作者全程數位出版服務，致使書籍產銷零庫存，知識傳承不絕版，目前已開闢以下書系：

一、BOD 學術著作—專業論述的閱讀延伸
二、BOD 個人著作—分享生命的心路歷程
三、BOD 旅遊著作—個人深度旅遊文學創作
四、BOD 大陸學者—大陸專業學者學術出版
五、POD 獨家經銷—數位產製的代發行書籍

BOD 秀威網路書店：www.showwe.com.tw
政府出版品網路書店：www.govbooks.com.tw

永不絕版的故事‧自己寫‧永不休止的音符‧自己唱